小箱

小川洋子

朝日新聞出版

小箱

1

私の住んでいる家は、昔、幼稚園だったので、何もかもが小振りにできている。扉や窓や階段はもちろん、靴箱、掛け時計、水道の蛇口、椅子と机、本棚、電気スタンドの笠などなど、あらゆるものが幼児に相応しいサイズになっている。家具の角は丸みを帯び、スイッチの位置は低く、ドアノブは掌《てのひら》にのる果実ほどの丸みしかない。

最初の頃はよく目測を誤って頭をぶつけたり、躓いたり、不自然な姿勢のために腰を痛めたりしていたが、今ではもうすっかり慣れてしまった。どこでどれくらい肩をすぼめたらいいか、手足を曲げたらいいか、いちいち考えなくても体が自然に動くようになった。気がついた時には、家中どんなスペースにも体のラインが馴染んでいた。

もしかしたら少しずつ、体がこの家に合うよう、縮小しているのかもしれない。私は子どもの頃観た、世界中の残酷な出来事を集めた映画のことを思い出す。貧しい少女が小さな檻に閉じ込められ、無理やり奇形にさせられ、見世物小屋に売られてゆくのだ。それを真似て弟と私はカマキリをキャラメルのおまけの箱に閉じ込め、自分たちだけの昆虫を生み出そうと試みた。鎌を振り上げて抵抗するカマキリに、幼い弟は一瞬怯《ひる》んだが、実験への期待を抑えきれないといった様子で目を見開いていた。鎌の先のとげとげが指に刺さるのも構わず、私はそれを箱に押し込めた。

奇形が完成するまで決して箱を開けてはならない、と私は弟に命じた。二日か三日、しばらくの間はガサゴソという音が始終していた。その音に耳を澄ましながら、鎌があり得ない角度に折れ曲がったり、目玉が真っ黒に変色したり、脚が絡まり解《ほど》けなくなったりしている様を思い浮かべては、二人手を握って胸の高鳴りを分かち合った。やがて音は弱々しく途切れがちになっていったが、それこそ奇形が完成に近づいている証拠だと、私たちは信じた。興奮はいよいよ高まる一方だった。

「もういい？　そろそろいい？」

待ちきれずに弟は何度も催促した。十分にもったいぶったあと、私たちは箱を開封した。中から出てきたのは、予測していた結果とは似ても似つかない代物だった。真四角の箱に沿う、直線と直角の組み合わせによる斬新な形態をした新種の昆虫を思い浮かべていたのに、それはただのカマキリの死骸に過ぎなかった。しかも片方の鎌は抜け落ち、羽は粉々に乾燥し、胴体は潰れて黄緑色の汁が染み出していた。

だんだんと不自然な形になってゆく体が、もう元には戻らないとはっきりした頃を見計らって、少女は売られていった。腕か太ももか膨らみはじめた胸か、最早上手く区別できなくなった体の一部に顔は隠れ、表情はうかがい知れなかったはずなのに、なぜか自分は彼女と目が合ったかのような気がずっとしている。黒々と濁った、しかしどこまでも奥深い目だ。おまけの箱に満ちる暗がりを吸い込んで変色した、カマキリの目に似ている。

私はお遊戯室を居間兼食堂にし、職員室で書きものをし、保健室のベッドで眠る。さほどの不自由は感じなかったので、どこにも手を加えず暮らしている。シャワーの設備もあれば、舞台付きの講堂もある。どうにか工夫すれば平泳ぎが一掻きか二掻きできないでもない、深さ三十センチのプールさえ備わっている。古びてはいるものの元給食室は広々として明るく、四十個のカップケーキを一度に焼けるオーブンや、鍋肌からはみ出すほどの火力を持つガスコンロが設置され、戸棚の奥には、一生かかっても使いきれないだろうプラスチックの食器が積み重なっている。

一方、どうやって手入れをしたらいいか分からず放っておいた園庭は、あっという間に草木に侵食され、幼稚園の名残も大方覆い隠されてしまった。門扉の上部に掲げられたアーチ形の看板には何重にも蔓植物が巻きつき、判読できる文字は〝ら〟と〝ん〟しかなく、ジャングルジムや滑り台やブランコたちはみな、生い茂る木々の中、植物と区別がつかなくなっている。

勢いのよい庭の変化に比べ、園の中にはゆったりとした時間が流れている。お迎えに来た親たちに手を引かれ、ついさっき園児たちがにぎやかに家へ帰ったばかりだと言われたら、きっと誰もがそう信じるだろう。園に残された備品、子どもたちが使っていた品々を、私は何一つ捨てていない。クロ、アオ、ピンクが欠けたクレヨンセット、着替えのパンツ、お誕生日会の主役たちを飾る色画用紙製の王冠、ひび割れた粘土の塊、カスタネットと鈴とトライアングル、帽子掛けのフックに貼られた名前シール、そこにぶら下がる、慌てものの誰かが忘れたらしい黄色い通園帽……。ありとあらゆる何もかもが、子どもたちがいた頃のままに残されている。

『ありがとう』

『ぼくげんき』

『だいすき、ママ』

参観日のために子どもたちがお遊戯室の壁に飾った、保護者を歓迎するカードは、縁が反り返り、インクがにじんではいるが、まだどうにか可愛らしい色合いを失っていない。

そうしたもろもろが少しずつ埃をかぶり、朽ちるのよりももっと目立たないスピードで、檻の中の少女が奇形になるよりも緩やかに、私の体は幼稚園の輪郭と調和してゆく。短すぎたスプーンを、いつの間にかバランスよく扱えるようになったと思ったら、お遊戯室の椅子に腰掛ける時、いつも行き場に困って窮屈に折れ曲がっていた両膝が、なぜか大人しく机の下に隠れているのを発見する。ある朝、手洗い場の前に立つと、首元から下しか映っていなかったはずの鏡に、自分の顔が丸ごと全部映し出されているのに気づき、はっとする。今初めて、自分の顔がこんなふうだったと知ったかのような気分を味わう。園児たちの鏡に、私の姿が上手い具合にちょうど収まっている。

2

火曜日の午後、バリトンさんが新しい手紙を一通携えてやって来た。職員室にいても彼の気配はすぐに分かった。玄関の足ふきマットで、彼ほど念入りに靴底の土を落とす人は他にいないからだ。

いつものことながら手紙は分厚かった。膨らんだ封筒の角が擦り切れるほどだった。少額の切手を寄せ集めてどうにか間に合わせたらしく、宛名を取り囲むようにびっしりと切手が貼られていた。

「とてもいいタイミングです」

私は言った。

「前回お預かりしたお手紙、つい昨晩、解読し終えたところです」

私は清書が終わったばかりの用紙を平たい［既決］の箱から取り出し、机の上で揃えた。バリトンさんは頭を下げ、おずおずと新しい封筒を差し出した。もう何回も同じやり取りを繰り返しているのに、申し訳なくてたまらないという態度は、最初の頃からずっと変わらなかった。

「はい、確かにお預かりします」

受け取ったそれを、私は［未決］の箱に入れた。園長先生が使っていた茶色い二個の書類箱は、今ではバリトンさんの手紙専用になっている。

初めてバリトンさんに、恋人からの手紙を解読してほしいと頼まれた時には、自分にそんなことができるはずがない、と言って尻込みした。他の誰にもできない何かを解決する力が、自分に備わっているなどとはとても信じられなかった。

遠い町の病院に入院している恋人から届く手紙は、とても小さな字で書かれていた。最初は黒っぽい奇妙な模様が描かれているようにしか見えなかった。古代文明の呪文だろうか、とも思った。手に取り、電気スタンドの光を当て、慎重に目を凝らしてようやく、それが裏表びっしりインクの文字で埋め尽くされた便箋なのだと分かった。

「読めないのですか?」

私は尋ねた。

「恋人の字なのに?」

彼はうなずいた。

「それは、お辛いですね……」

左上角からスタートした文字は互いに密着して連なり、行と行の隙間もなく便箋の底辺まで行き着くと、右下角から今度は左上角へ向かって斜めに突っ切り、そうなれば当然、右上角から左下角への斜め方向も必要となって、結果、Xが現れる。けれどそれだけでは満足できず、文字と文字が重なり合うのもお構いなしに、時計回りに何重もの円が描かれ、最終的には便箋の中心点で一枚めの表側がようやくピリオドを迎える。全く同じことが裏側にも繰り返され、余白の一切なくなった便箋が、五枚、十枚と積み重なってゆく。

「字というものが、こんなにも小さくなれるなんて、驚くばかりです」

一文字は針の先で突いたほどの大きさしかなかった。しかしどんな小さな虫にもちゃんと口や脚や触角があるのと同じく、単なる一点に見えるそれにも、各々適切な撥《は》ねや払いや点があった。

「意味のある文章なんでしょうか」

そう言ってすぐ、相応しくない質問だったと気づいて口をつぐんだ。相変わらずバリトンさんは静かだった。

「一体、この一枚に、何文字記されているのか……」

気まずさを誤魔化すように私はつぶやき、もう一度便箋を電気スタンドの下にかざした。不用意に触れると、文字がこすれて潰れ、すべてが台無しになってしまいそうだった。一文字だけでも読み取るのは困難なのに、横、斜め、円の接点で絡まり合い、独自の形状を成しているそれをほぐして解読するのは、畏れ多いような気さえした。乱暴に扱って、小さな文字がぱらぱらとこぼれ落ちてはいけない、とでもいう心持ちで、私はそっと便箋を元に戻した。

「きっと、長い時間をかけて、お書きになったのでしょうね」

恋人がどんな人か、私は知らなかった。バリトンさんも、それについてはあまり口にしようとしなかった。

「大事なお手紙……私のような者にはとても……」

「いいえ、これを読めるのはあなた以外には誰もいません」

バリトンさんは言った。正確に表現すれば、そのように歌った。

「あなたは誰より小さきものたちとお親しい。ここはかつての、子どもたちの楽園。子どもたちは小ささのシンボル。そしてあなたはその番人」

歌声は職員室の隅々にまで響き渡った。当然のことながら、美しいバリトンだった。

こうして私は極小文字の手紙と関わるようになった。病院から手紙が届くたびバリトンさんが幼稚園へ持参し、前回預けて解読が終わった分を持って帰る、という繰り返しだった。病気の加減によるのか手紙の届く間隔は不規則だったが、途切れることはなく、常にその長大さは保たれていた。作業が間に合わず、［未決］の箱に二通、三通とたまるのも珍しくなかった。

バリトンさんの説明によれば、入院したはじめの頃はごく常識的なサイズの文字だったのが、気づかないほどに少しずつ縮小していったらしい。それでも虫眼鏡を使えばどうにか読めていたのに、余白が消滅し、×と○の文字列が現れた時点であきらめざるをえなくなってしまった。

「全く、嘆かわしい限りです」

歌声にのると、嘆きはいっそう痛ましさを増してこちらに届いてきた。

バリトンさんは今では廃墟になっている、郷土史資料館の元学芸員だった。歌でしか人と会話できなくなって以降、町の皆からバリトンさんと呼ばれるようになった。

恋人の文字が段階を経て縮小していったのとは対照的に、彼の変化は資料館が閉鎖された翌日、抵抗する間もなく突然に訪れた。朝目覚めると、声帯も舌も唇も、発声に関わるすべてが独自の変異を起こしていた。心に浮かんだ言葉を発しようとすると、本人の意思とは無関係に、それらは旋律にのり、拍子を刻み、ビブラートを利かせながらあふれ出てきた。二週間、音楽を遮断して沈黙を通したり、猛烈な早口で喋ろうとしたり、喉を蜂蜜で消毒したり、あれこれと試してみたがどれも効き目はなかった。

そうなってみて初めて人々は、声楽の勉強をしたわけでもない元学芸員の彼が、比類なき歌声の持ち主だと気づいた。だから、例えば町内会の会合で、彼に発言の順番が回ってきた時、オペラの独唱曲にのって意見が述べられたとしても、戸惑う人はいなかった。むしろ大歓迎だった。メロディーの種類はさまざまで、よく知られている童謡や、昔ヒットした映画の主題歌もあれば、どこに位置するのかよく分からない国の国歌や、倒産した会社の社歌もある、という具合だった。時には、誰もタイトルを知らない、おそらく彼の創作と思われるメロディーが取り入れられる場合もあった。

皆が彼の歌声を聴きたがった。特に親しい間柄でもない人が、パーティーに招待したりお茶に誘ったりしようとした。リサイタルを開催したらどうですかと言い出す人まで現れたが、それは的外れなお節介だった。バリトンさんは歌うために歌っているのではなかった。歌で喋っているだけなのだった。

元々社交的ではない彼は、歌声を褒められても自慢に思うどころか、かえって引っ込み思案になり、歌を求める人々の誘いをどうやったら失礼にならずに断れるか、考えすぎてくたびれ果て、あまり外出しなくなった。「こんにちは」の挨拶も、「はい」の一言も、「はああ」という感嘆の声さえもがメロディーになってしまうのは、いくら何でも鬱陶しいはずだと、他人の気持を勝手に推し量り、以前にも増して無口になっていった。

そんなバリトンさんが幼稚園を訪れるのは、貴重な気晴らしの機会だった。ましてや恋人の手紙が読めるのだから、尚さらだった。

「あら、いつの間にか、もうこんなに日が傾いて……」

窓から差し込む西日が、園長先生の机の下にまでのび、私とバリトンさん、二人の足元を照らしていた。視線を落とすたび、光の色が移り変わっていった。職員室には、長く人の座っていない机が七つ、向かい合わせに並んでいた。書きかけの給食のメニュー表、空っぽのマグカップ、途中までしか認め印を押していない連絡帳の束、順序がばらばらになった『三匹のこぶた』の紙芝居、ハサミと糊と色紙。あらゆる品々が、既に不必要になったのも知らず、戻って来ない人々を辛抱強く待っていた。

「宵の明星が光っていますね。ほら、あそこ。ジャングルジムの上」

バリトンさんは私の指差す方に黙って目をやった。遠慮してできるだけ口を開かないようにしているのが伝わってきた。私も皆と同じくらい彼の声が好きだった。もっとどんどん歌ってくれていいのですよと言いたくて、いつもその言葉を胸に抱えているのだが、いざ彼を目の前にするとなぜか、肝心なことが口から出てこなかった。

「すぐ隣に細い月が出ています」

バリトンさんはうなずいた。

「これ以上、細くなったら、無くなってしまいますね、あの月は」

翳りきっていない空でも、太陽の名残に負けずに輝いている明星に、月はか弱く寄り添っていた。

オリジナルの手紙と解読して清書した分、両方を重ね、紙ばさみに入れて彼に差し出した。どんなに薄い用紙を使っても、解読し終わった手紙はオリジナルの何倍もの厚さになってしまう。紙ばさみには背表紙に、「お遊戯会プログラム」というシールが貼られたままになっている。

家に帰ってすぐ、ソファーに座る間も惜しんで、彼は手紙を読むのだろうか。それとも着替えた服を折り畳み、シャワーを浴び、食前酒を一杯用意してから、もったいぶるようにして読みはじめるのか。大事な恋文なのだから、きっと彼なりの手順があるに違いない。段落も句読点もない、延々と続く手紙を読み終える頃には、夜も更け、明星さえどこに行ったか迷うくらい、たくさんの星が出ているはずだ。手紙が長ければ長いほど、彼はいつまでも恋人と一緒に夜を過ごせる。彼が手にし、見つめているのは、恋人が書いたのではなく、私が清書した文字だけれども。

バリトンさんは立ち上がり、紙ばさみを書類鞄の中に仕舞った。彼がまだ知らない手紙の中身を、自分は既に知っているのだという事実に、私はいつまで経っても慣れることができない。

「このまま文字が小さくなり続けたら、いつか消えてなくなってしまいます」

ようやくバリトンさんが歌ってくれた。

「あの月と同じです」

夕暮れ時によく似合う旋律だった。バリトンさんの声が一番遠くまで響くのは、暗がりの気配のする、ひんやりとした空気の中だと私は知っていた。私たちはもう一度、一緒に、ジャングルジムの向こうを見やった。

西風の吹く季節、町はずれの丘の広場で音楽会が開かれる。誰がそう命名したのかはっきりしないが、いつの頃からか〝一人一人の音楽会〟と呼ばれるようになっている。

すっかり夜が深まり、町のざわめきも消え、ただ西風の舞う音だけが聞こえる中、ぽつり、ぽつり、演奏者たちが丘を登ってくる。暗い坂道で転ばないよう、背中を丸め、一歩一歩慎重に踏みしめている。

楽器は各々、自分で手作りする。素材や形に特別の決まりはない。ただ一つ共通しているのは、〝一人一人の音楽会〟で演奏される楽器はとても小さい、ということだけだ。

最も素朴なのは、浜辺で拾ってきた貝殻を用いる形だろう。別に彩色したり飾りを施したりしなくても、貝殻はそのままで、どこにも無理のない自然な形と、驚くほどたくさんの種類の色を持っている。そのうえ頑丈で、たとえ化石になってもまだ音を鳴らすことができる。セロファン紙を丸めてラッパに仕立てたのも人気がある。セロファン紙は身近に手に入るし、刺繍糸で房飾りをつければ、絵本に出てくる兵隊さんが持つラッパのように楽しげな雰囲気になる。中に鈴の入った歯固め、プロペラ飛行機のミニチュア、ガラガラなど、音の出るおもちゃが使われることも多い。あるいは、敬遠する人と執着する人、極端に分かれるのだが、ガラスの小瓶に干からびたへその緒や乳歯を入れるやり方は、長く受け継がれている。ぴったりくる音色を出してくれる小瓶を求め、潰れた薬局や廃校になった高校の理科室を探し歩く人の姿は後を絶たない。

私が一番心ひかれるのは、竪琴だ。神話の登場人物が奏でるようなUの字形の竪琴が、音楽会に適したサイズに縮小されながらも、細部にわたって見事に再現されている。元々、河原に落ちていた木片だとは思えないくらい、優美に削られ、磨き上げられている。Uの字の二つの先端は可愛らしくカールし、花や動物や飾り文字が彫刻してある。そして弦の代わりに、子どもの髪の毛が張られている。

もちろん誰もが自分の楽器を大切に扱うが、竪琴の場合は特別な注意が払われる。子どもの髪は手元にいくらでもある、というものではないし、何よりいともたやすく切れてしまう。竪琴を演奏する人はすぐに見分けられる。暗闇に目を凝らし、風の向きを読む後ろ姿が、子どもの髪と同じくらいはかなげな様子をしているからだ。

どんな形の楽器もすべて、演奏者の耳たぶにぶら下げられる。貝殻であれ玩具類であれ小瓶であれ、穴を開けたり接着剤を使ったり、それぞれに工夫してイヤリング用の金具が取り付けられている。音楽会が来るたび、耳の下に耳たぶというものがあってよかった、と思う。もし耳が単なる穴で、縁に何の余地もなかったら、自分だけの楽器の音楽をどうやって聴いたらいいのか、たぶん誰もが途方に暮れるだろう。演奏者たちは皆、耳たぶに感謝するように指先でそこをさすり、微妙な位置を測りながら、一番適切なポイントを探り当てて留め金のネジを回す。

正確に言えば、演奏者という表現は間違っているかもしれない。彼らはただ楽器を耳にぶら下げるだけで、実際に奏でるわけではない。一旦ネジを留めたあとは、風がそれを揺らすのをじっと待っている。斜面の雑木林をすり抜けてくる西風は気紛れで、渦を巻いたり、不意にぴたりと止んだり、丘からは到底見えない遠い海の匂いを運んできたりする。暗闇に沈む木々の唸る音がして、どんな強い風が吹き上がってくるかと身構えていると、頬を撫でるほどのそよ風が通り過ぎるばかりで、拍子抜けすることもある。またある時は、丘にいる人すべてが風の波にすっぽりと包まれる。〝一人一人の音楽会〟には、丘の西風が最も相応しいと信じられている。理由を説明できる人は誰もいないが、無言のうちに、皆そう了解し合っている。

各々耳たぶに楽器をセットし終えた人々は、丘のあちらこちら、好きな場所に散らばってゆく。毎回、自分で定めたこだわりのある位置を動こうとしない人もいれば、風の具合や楽器の調子や気分によって、さ迷い歩く人もいる。ベンチに腰掛ける、築山のてっぺんに立つ、樹木の幹に抱きつく、草地に横たわる……。音楽会の間、彼らは思うままに振る舞っていい。見学者たちは演奏の邪魔にならないよう、暗闇の縁に立って彼らを見守っている。私たち見学者は決して聴衆にはなれない。どれほど強い風が吹こうとも、楽器はその小ささに見合った音しか出せない。それを聴けるのは、演奏者一人だけだ。

風に清められた艶やかな月と、丘を照らす薄ぼんやりした明かりの中、演奏者一人一人が灰色の塊になって浮かび上がって見える。輪郭がところどころ暗がりに染み出し、消え入りそうになっているのに、なぜか楽器だけは見失わない。それは耳たぶにおさまるほどのか弱さとは裏腹な、確かな軌跡を描いている。たとえ貝殻やセロファン紙や小瓶の形は判然としなくても、風に吹かれる時、一緒になびく闇の揺れははっきりと瞳に映る。小瓶の中で鳴る乳歯の、根元に残る歯茎片さえ見える気がする。

指揮者などどこにもいないというのに、一体誰が差配するのか、楽器たちはお互い邪魔にならない間隔を保ちつつ、単調にも複雑にもなりすぎない模様を、丘全体に描き出している。それは偶然現れ出た風紋のようでありながら、同時に長い年月をかけ、地中深くから掘り出された遺構のようでもあり、いずれにしても我々がここにいるという目印を、夜空に向かって示している。

誰一人、余計な物音を立てる者はいない。自分の不注意が、誰かの耳元で鳴っている音楽を邪魔するようなことになってはいけないと恐れ、吐息一つにさえ慎重になる。見学者たちにとっては、〝無音の音楽会〟でもある。あたりを漂うのはただ、演奏者たちが草を踏みしめる気配ばかりだ。

西風に揺れる楽器たちがどんな音色を奏でるのか、私は知らない。もしよかったら、一度、貸していただけませんでしょうか、と頼んでみたい気持にかられることもあるが、本当に口に出したりはしない。自分の楽器が子どもを持ったことのない誰かの耳たぶに、たとえひとときでも触れるのは気分がよくないだろうし、一人一人の音楽はまさにその一人一人のためだけのものなのだと、よく心得ているからだ。それに楽器はどれも繊細すぎて、持ち主以外の誰かが狂わせてしまったら、もう取り返しがつかない。

しかし演奏者たちの様子を見ていれば、彼らがどんな音楽を聴いているか、ごく自然に伝わってくる。ポプラの木の間に立つ、踝《くるぶし》までのロングスカートに黒いブラウス姿の女性は、幹に片手を押し当て、もう片方の手で小枝に触れたまま動かないでいる。横顔を半ば隠す、真っすぐな長い髪の隙間から、セロファン紙のラッパが揺れているのが見て取れる。セロファン紙は微かな空気の振動でもたやすく鳴るので、風を求めて動き回らなくても、じっとしているだけで十分なのだ。他の多くの演奏者たちと同じく、彼女も目を閉じている。その方がより遠くからやって来る音も聴き取れることを、皆、長年の経験から習得している。一人一人の特別な楽器のために、目と耳は互いに協力し合っている。

ラッパはたどたどしい口笛に似た音を奏でる。彼女の目元には、可愛らしくすぼめた口からあふれ出る音楽を、一音たりとも聴き逃したくないという必死さと、そんなに一生懸命吹いて、柔らかすぎる唇が傷ついたりしなければいいがと案じる気持、両方入り混じった表情が浮かんでいる。一筋、強い風が巻き上がり、ラッパをクルクル回転させ、ロングスカートの裾を翻す。決してせわしいという雰囲気ではないが、音楽会のはじまりから一度も立ち止まらず歩き続けているのは、爪の入った小瓶を両耳に下げた、立派な体格の男だ。乳歯やへその緒に比べて爪はとても珍しい。音がひときわ小さいからだろう。風の力だけでは足りず、絶えず歩いて振動を伝えているのだ。三日月の形に切り落とされたそれは、いつかバリトンさんと一緒に眺めた月と同じくらいにか細い。けれどその密やかな音こそを、彼は求めている。高すぎる背丈を恥じるように肩をすぼめてうつむき、足音のしない草地を選んで歩みを進め、時折風が向きを変えるのに合わせて首を傾ける。風の止む時間が続くと、小瓶を揺らすために斜面を小走りで登ったり下ったりする。

　気を緩めるとすぐ、木々のざわめきや自分の息にさえ紛れて途切れ途切れになる爪の音楽は、余計に鼓膜の奥深くにまで染み入ってくる。そのか細さが、爪を切ってやった時、掌の内にあった指先の温かさを思い出させる。何の疑いも持たず、安心しきってすべてを委ねている指先から、爪を切り落としたあの瞬間こそが、取り返しのつかない別れ道だったのではないか、と恐れを抱く。他の人々の姿が消え、自分と爪の音楽、ただそれだけが丘に取り残されたかのような錯覚に陥る。思わずその場に両膝をつき、掌に残る温もりを引き寄せ、抱き留めるようにして耳の楽器に手をやってしまいそうになるのを、男はどうにか押しとどめる。どんなにすぐ耳元でそれが聞こえていたとしても、爪の生えていたあの小さな手は彼方に去って、もはや戻ってはこない。

いつの間にか月が雲に隠れ、夜露に濡れた足元から冷気が立ち上っていた。夜が更けるにつれ、少しずつ風は止んでいった。まだ終わりにしたくない演奏者たちは、より深く背中を丸め、風の気配を探して神経を集中させていた。

見晴台から一段下がった楡《にれ》の木立、見学者たちが数人一かたまりになっている中に、バリトンさんを見つけ、目礼した。手紙を携えて訪ねて来る時と変わらない、清潔で折り目正しい様子だった。こんなにも薄暗く、しかも無言に満ちあふれる場所で目と目を合わせられた偶然に戸惑い、とっさに上手く微笑みを返すことができなかった。本当は、新しいお手紙の解読がもうそろそろ終わりますよ、と伝えたかったのに、ぎこちなくすぐに視線を外してしまった。

彼がしばしば音楽会に足を運んでいるのは知っていた。彼の恋人も、かつては演奏者の一人だったらしい。病院へ入って丘に来られなくなってからも、ひょっとすると何かの間違いで彼女の姿がどこかに紛れているのではないか、とでもいうような熱心さで、いつも林に立っていた。

丘に集まる人々の中で、彼ほど無口でいなければならない人は他にいないはずだった。一人一人の音楽は、他の人の音楽とは調和せず、バリトンさんの美声であっても例外ではなかった。

和音もハーモニーも伴奏も主旋律も、すべてが一人一人の音楽の中に揃い、それだけで何一つ欠けたもののない、完全な調和をなしているのだった。

風が弱まるのと一緒に音楽が静まってゆくなか、それでも私の耳で楽器たちはまだ幻の音を奏でていた。貝殻は遠い波の音を運び、ガラガラの鈴は笑うように弾け、飛行機のプロペラは軽快に空気をかき回していた。いびつな形に干からびたへその緒は、どんな向きになっても安定せず、絶えず小瓶の底を転がりながら、そのごつごつした出っ張りでつぶやくような歌声を聴かせた。出産の時の血が染み込んだくすんだ色合いとは裏腹な、可愛らしく透き通った声は、どんなに他愛ない歌でも特別な伝言に変えた。耳たぶの楽器と西風によってしか受け取れない伝言だった。

こんなふうにして演奏者たちは、夜の丘で、死んだ子どもの声と再会した。

はじまりの合図がないのと同じく、音楽会の終わりも静かに訪れた。一人、また一人、演奏者は耳たぶから楽器を外し、専用の小箱に収めたり、上着の内ポケットにそっと仕舞ったりした。それを合図に見学者たちも、残り少ない眠りのために丘を下りていった。町と空の境目から、夜明けの気配が忍び込もうとしていた。

「今夜は一段と良い風でした」

丘を横切り、町の南側へ続く遊歩道を下りようとしている時、顔見知りの元美容師さんに声を掛けられた。

「それはよかった」

「少し大人しかったですけれどね。でもその分、長く吹きました」

「はい」

「竪琴にはちょうどいい具合でした」

枕木の埋まった遊歩道を、私たちは並んで一緒に歩いた。彼女はまだ耳の楽器を外していなかった。

私は彼女の竪琴が特に好きだった。楽器としてどことなく品があった。胴体と両端の丸みは、ほっそりとした彼女の顎と絶妙のバランスを保ち、木の色合いは肌の色を邪魔せず、何より髪の毛の弦がうっとりするほど瑞々しかった。それが死んだ子どものものだとは、とても信じられないくらいだった。

彼女は元美容師の腕を生かし、頼まれればいつでも他の人の竪琴に弦を張ってあげた。切れた弦を補修したり、艶を出したりするのもお手のものだった。竪琴を求める人はたいてい、〝一人一人の音楽会〟に出演すればするほど弦が傷み、手元に残した大事な髪の毛が少なくなってゆくのに不安を覚えるのだが、彼女がいてくれるおかげで安心して遺髪を差し出すことができた。もちろん彼女自身が〝一人一人の音楽会〟の、しかも竪琴を演奏する仲間、という理由もあるが、髪の毛を触る手に確固たる自信と慈しみの心があふれているからだろう。生まれたての赤ん坊の、蒸発しそうなほどにか細い髪でも、一旦彼女が梳《す》けば、どこからともなく精気が蘇ってきた。あらゆる髪の毛が、彼女の指先には従順だった。

「音楽会のあとは、よく眠れません」

彼女は言った。

「それはいけません」

枕木を踏み外さないよう、足元に注意しながら、私は横目で彼女の耳元をずっとうかがっていた。竪琴はうつむく彼女に付き従うようにして揺れていた。わずかな明かりを集め、弦はうっすら光って見えた。

「でも皆さん、同じでしょうね」

「たぶん、そう思います」

「音楽会の日は、夜が長いですから」

「はい」

私たちの脇を幾人もの人々が通り過ぎていった。バリトンさんの姿を探したが、見つからなかった。反対側の遊歩道を下りたのかもしれない。林は静まり返り、星は瞬きもせず、丘の頂上は木立に紛れて見えなくなっていた。

「また近いうち、講堂へ行ってもいいでしょうか」

ふと立ち止まり、彼女は言った。二人の足元に、骨のように白く朽ちた倒木が横たわっていた。

「もちろんです」

「そろそろお菓子を取り換えなくては。ビスケットやチョコレートにカビが生えていたら大変ですし、それに髪も結い直してやりたいし……」

「講堂の鍵はいつでも開いています」

私は答えた。

「ああ、そうでした」

「鍵は錆びついて、もう回りません」

「あそこの床は、いつ行ってもひんやりしています」

「どうぞ、暖かい格好でいらして下さい。特に今年は、冬が早く訪れそうな気配ですから」

かじかんだ耳たぶを見やって、私は言った。これほど小さな楽器でもちゃんと重みがある証拠に、竪琴のぶら下がる耳たぶは赤らんでいた。

「さあ、帰りましょう」

私は彼女の腕を取り、一緒に倒木を踏み越えた。その手は冷え切って、骨に触れたのかと思うほどだった。一瞬、竪琴が私の耳元に近づき、弦が微かに鳴ったような気がしたが、それもまた錯覚だった。

3

毎朝、目覚めるとまず講堂へ行き、カーテンと窓を開け放って空気を入れ替え、全部でいくつあるのか数えたこともないガラスの箱を、一つ一つ全部磨く。さほど汚れていなくても、棚にはたきをかけ、床の埃を箒で掃き出す。一通りやり終えると、朝が来た合図を誰にともなく送るため、舞台の片隅にある足踏みオルガンを少しだけ鳴らす。お遊戯会で子どもたちが歌った童謡を弾くこともあれば、バリトンさんが聴かせてくれるメロディーの中から、気に入った一節を弾くこともある。いくつか黒鍵が外れてなくなっているそれは、一日のはじまりを告げるには不似合いな、やるせない音で鳴る。

講堂は給食室の前を通る渡り廊下の先、二本の銀杏《いちょう》がそびえる向こう側に建っている。靴箱のように簡潔で素朴な姿を、生い茂る枝葉の間から覗かせている。壁は黒ずみ、屋根は鳥の糞と潰れた銀杏の実の汁が染み込んでいるが、少しも不潔ではなく、むしろそういう色合いがいっそう深い静けさをあたりに放っている。

手すりのついたステップを登り、鍵のかからない頑丈な扉を開けると、そこには思いのほか広い空間が広がっている。白いペンキで塗られた天井は高く、前方の舞台は遠い。そこで入園式やお遊戯会や卒園式が行われていた頃の名残は、舞台の両脇に巻き付けられた幕と、『おおきなかぶ』を披露した時に用いた、ベニヤ板の背景の切れ端以外、もはや他には何もない。ベニヤ板には、ロシア風の農家と、畑から半分顔を覗かせる蕪の絵が描かれている。蕪の白色はまだ十分にみずみずしく、美味しそうに見える。

今、講堂には舞台に向かって右側から、四列の棚が設置され、そこに両腕で一抱えできるほどの大きさのガラスの箱が、びっしりと並べられている。人の背丈よりも高い木製の棚が等間隔の通路を作り、床に細長い影を落としている。何もかもが几帳面で、緩みがない。

いつ頃、誰が最初にガラスの箱を運び入れたのか、町に起こるたいていの事のはじまりが判然としないのと同様、講堂の件もやはり例外ではない。誰に尋ねても、何となく気づいた時には、もうこうなっていたのだ、という心もとない答えが返ってくるばかりだ。そして一旦道がついたあとは、元々そうなるべき、ごく自然なあり方として受け止められ、疑問を唱える人は誰もいなくなる。

ただ一つ私も知っていることがある。棚とガラスの箱は、元郷土史資料館の備品を運び入れたものだ。廃墟になった郷土史資料館が思わぬ形で役に立っているのを、バリトンさんはとても喜んでいる。求められれば、自ら廃墟に足を運び、まだ使えそうなガラスの箱を見つけ出してくる。どのあたりにどんな種類のケースが埋もれているか、資料館の完璧な地図を記憶している元学芸員の彼ほど、よく承知している者はいない。

まるで誰かがあらかじめ測っていたとしか思えない気持のよさで、棚は講堂のスペースにぴったりとはまり、くすんだ木の色も傷跡も床板とよく馴染んでいる。長年、貴重な資料を守ってきたガラスの箱は、強固で、安全で、歪みなくありのままの中身を透かして見せる。そのうえ、子ども一人分の魂があちらの世界で成長するのにちょうどいい大きさをしている。狭苦しくもなく、広すぎて寂しげということもない。

人々はさまざまなものを持ってやって来る。満足に口もきけない幼子なら、おしゃぶり、初めての靴、これの耳を握りながらでないと眠れないウサギのぬいぐるみ。声変わりする前の少年なら、ボードゲーム、九九の暗記表、スナック菓子。女の子ならビーズのセット、お姫様の塗り絵、チロリアンテープ。ハイティーンの若者なら映画俳優の写真、野球のサインボール、ニキビ用の塗り薬……。

私は彼らと一緒に渡り廊下を歩き、講堂へ案内する。自分たちのガラスの箱に、持参した品々を一つずつ納めている姿を見ていると、どれだけ慎重に考え抜いてそれらを選んだかよく分かる。手を放す前にもう一度よく感触を味わい、汚れてなどいなくても埃を払い、曇りを拭い、形を整える。箱のどの位置が一番収まりがいいか、いろいろ試してはやり直す。

「これさえあれば、夜中に目が覚めて泣きそうになっても大丈夫。淋しくないわ」

「頑張って、全部九九を覚えるんだぞ。六の段まで合格していたんだから、あと一息だ」

「最新の雑誌から切り抜いた写真に取り換えておきましょうね。もうすぐ主演の映画が封切になるの。楽しみよね」

ガラスの箱に向かって彼らは話し掛ける。

「ね、あなたもそう思うでしょう?」

不意に、同意を求められることもある。そういう場合のために私は傍らに立っている。私はその人の目を見つめ、黙ってうなずく。

箱の蓋を閉める決心がつくまで、私は蠟燭《ろうそく》に火を点し、どんなに時間が掛かっても構わないのですという態度を保ったまま、待っている。蠟燭は講堂用に特別に作られた品で、蠟に染み込ませたイチゴミルクやキャラメルやリンゴ飴の匂いが立ち上るようにできている。炎はガラスにオレンジ色の丸い光を浮かび上がらせながら、揺らめくたびに甘いおやつの匂いを私たちの間に漂わせる。

それでもいよいよ時が来て、箱を閉じるカチリという音がすると、たいていの人はもの悲しい表情を浮かべる。

「棚の番号を覚えておくといいですよ。次に来た時、迷いませんから」

資料館にあった時から引き継がれている棚の分類用シールを、私は指差す。

「いつでも、何度でも、好きな時にいらして下さい」

シールの番号がよく見えるよう、蠟燭の炎を近づけながら私は言う。

「決まりはありません。誰の許可もいらないんです」

事実、彼らは繰り返し講堂を訪れることになる。新しいお友だちができないとかわいそうだからと言って人形を、そろそろ字を覚える年頃だからと言ってドリルを、成人になったお祝いにとお酒のミニチュアボトルを……。折々、必要なものは変わってくる。お菓子は古くなるし、紙の類は変色する。そのたび彼らは中身を入れ替え、配置を新しくし、ケースを整え直す。

かつて郷土史資料館で過去の時間を閉じ込めていたガラスの箱は、今では死んだ子どもの未来を保存するための箱になっている。収納されているのは、決して遺品ではない。死んだ子どもたちは箱の中の小さな庭で、成長し続ける。靴を履いて歩く練習をし、九九や字を覚え、お姫様のドレスを好きな色に塗って遊んでいる。

講堂の掃除が終わると、舞台の上からもう一度全体を見渡し、一列ずつ棚を目でたどって、ガラスの箱の無事を確かめる。一つ一つの箱には、あふれんばかりの思いが詰まって果てもないというのに、それらはみな仰々しい様子も見せず、ただ大人しく与えられた番号の棚に並んでいる。

私は窓を閉め、カーテンを引く。途端に朝日が遠ざかってゆく。日が当たると傷みが進みますよ、とバリトンさんにアドバイスされ、厚手のカーテンに取り換えて以来、講堂はいつでも日暮れ時のような闇と冷気に覆われている。蠟燭はもう消したはずなのに、まだどこかに甘い匂いが残っている気がする。

土曜日の午前中、頼まれていた本を図書館で借りて、従姉《いとこ》のところへ届けた。町でたった一つの図書館が、新設された公道沿いへ移転して以降、二週間おきに、彼女の代わりに図書館へ通うのが習慣になっていた。その新しい公道を、彼女は歩けないからだった。十一の時に海で溺れ死んだ息子が、生きていた時歩いた道しか、従姉は決して通らない。

「『月と六ペンス』、『マノン・レスコー』、『闇の奥』、『狭き門』、『ねじの回転』、『ヴェニスに死す』、『インド夜想曲』……」

間違いがないかどうか確かめながら、私は本をテーブルの上に積み上げていった。従姉が読むのは小説や詩や戯曲で、作者は必ず死んでいる人と決まっていた。どんなベストセラーでも、興味深い題材でも、書いた人がまだ生きている、というただそれだけの理由でリストからは外された。

「うん、ありがとう」

彼女は言った。積み上げられた本は互いの顔を半分隠すほどの高さになった。彼女はいつも二週間で許されている最大の冊数を借り、それらを全部読んだ。

「いつも悪いわねえ」

「ちっとも」

「お昼、食べて行ってね」

「うん」

従姉が自らに歩くことを許している道沿いから、新たな場所に移転してしまったものは、他に美容院と公民館があったが、それらは図書館ほどの影響は与えなかった。髪はお風呂場で適当に切ればいいし、公民館の集まりには最初から無縁だった。

息子を亡くした日から、従姉の人生はあらゆる面において縮小していった。夫と別れ、病院経営者の邸宅の元門番小屋に引っ越し、手作りのお弁当を自転車に積んで、中央公園の入り口で売る生活をはじめた。病院経営者の子どもは息子の友だちで、邸宅には馴染みがあり、中央公園の広場は息子が野球に熱中した場所だった。小屋と公園、二つの場所を行き来するだけで日々が過ぎていった。

彼女の頭の中には、息子がまだ十分には大きくなりきっていない、未熟な足で歩いたルートが克明に刻まれていた。彼の足が踏んだか、踏んでいないか。その違いは彼女にとって、越えることの許されない国境に等しかった。壁は高くそびえ、どこにも抜け道はなく、見張り塔からは強烈なサーチライトが発せられていた。彼女はそこを通り抜けるためのパスポートを持っていなかった。彼女が手にしているのは、折り畳めば片手で握り締められるくらいに小さくて素朴な地図、一枚きりだった。そこに描かれた道はどれも、気ままに地図の外側へはみ出そうとする線は一本としてなく、互いにつながり合い、一続きになって小さな紙におさまるだけの愛らしい形を描き出していた。息子が彼女のために靴で残した、消えない印だった。

「さあ、食べなさい」

従姉が作ってくれるのは、公園で売っているお弁当と同じスタイル、ライスにおかずの炒め煮をかけた混ぜご飯だった。おかずの具は、豚肉や牛ミンチやエビなどいろいろとバリエーションがあった。必ず胡瓜のピクルスが添えられ、そこだけライスが薄緑色に染まっていた。

「一緒に食べようよ」

従姉の答えは分かっていても、念のため、私はそう言った。

「いいの。一人分作るのも食べるのも、同じことだから」

彼女は食卓の向かいに座って頬杖をつき、食事をする私の様子をぼんやり眺めながら、意味のよく通らない答えを返した。私に分かるのは、これもまた息子の残した小さな地図に沿うための理屈なのだろう、ということだけだった。一旦縮小した彼女の人生では、何かを足すより、引くことの方がずっと大切にされた。

彼女の作るお弁当は安くて味付けが濃く、タクシーの運転手や公園の清掃作業員たちに人気があり、お昼前には行列ができるほどだった。単純な料理にもかかわらず、どこか刺激があり、毎日食べても飽きない隠れた工夫がなされていた。早々に売り切れる日も珍しくなかったが、個数を多くしたり、ライトバンを導入したりといった商売の拡大には興味はなく、ひたすら自転車の荷台に載るだけのお弁当を作り続けるばかりだった。

中央公園のそばを通る時、たまに仕事中の彼女を見かけることがあった。愛想を振りまくでもなく、潑溂とした雰囲気でもなく、元門番小屋にいるのと少しも変わらない表情をしていた。それでも私は彼女のお弁当が売れてゆくのを眺めるのが好きだった。たとえ勝手な思い込みでも、一個一個お弁当が見知らぬ誰かの手に渡るたび、それらが身代わりになって、彼女の踏めない道に足跡を残してくれるような、縮小する地図をささやかでも押し広げてくれているような気持になれるからだった。

「この間の音楽会、行った？」

従姉が尋ねた。煮汁とライスをかき混ぜながら私がうなずくと、「ふうん……」と小声を漏らした。

「たくさんの人だったよ。来ればよかったのに。今度はいつだろう」

「さあ……」

彼女も楽器を持っていた。鎖でつないだ足指の骨が、風鈴のように触れ合って音を奏でる楽器だった。長い年月を経て骨は青味がかり、表面にあいた細かい穴がレースのような模様を浮き上がらせ、いっそう、ああ、これの音を聴いてみたいと思わせる姿になっていた。

火葬にされた息子の、足指の骨をとっさに喪服のポケットに忍ばせた時既に、それが踏んだ土の上しか歩かないという彼女の決心は定まっていたのか、あるいは誰にも計画できない偶然だったのか、確かめるための言葉が、私には思い浮かばない。

そしてやはり講堂には、彼女の息子のための箱があった。最も古い時代に分類される箱だったが、ガラスは透明度を保ち、中はよく手入れされ、納められているすべての品々が生き生きとしていた。

「あの子がこの渡り廊下を歩いていて、本当によかった」

講堂に来るたび、従姉は言った。息子はその幼稚園の卒園児だった。

「もしそうじゃなかったら、講堂に来られないんだもの。考えるだけで震えてくるわ」

息子の足跡がまだ残っているとでも言いたげな様子で、彼女は視線を落とし、その一歩一歩に自分の足を重ね合わせるようにして渡り廊下を歩いた。

「丘までの坂道が大変なら、いつでも言ってね」

「うん」

「バリトンさんに頼めば、きっとおんぶしてくれるよ」

「うん……。お代わりは？」

「もう、お腹一杯」

私は最後に残った、薄緑色に染まった一匙《ひとさじ》のライスを口に運んだ。

いつだったか自転車で転んで右膝を骨折して以来、なかなか痛みが引かず、ちょうど図書館の移転とも時期が重なって、生活の縮小はさらに一段進んでいた。欠かさず参加していた〝一人一人の音楽会〟にも、欠席することが多くなった。

骨がつながり、仕事を再開したあともしばらくは、私の手助けが必要だった。お弁当のパックを保温容器に詰め、自転車の後ろに括りつけ、公園まで一緒に押して歩いた。顔見知りのお客さんの中には、従姉に起こった事態を心配し、慰めの言葉を掛けてくれる人もあった。

手伝いの最後の日、公園の噴水を管理する作業員らしいお得意さんが、「お大事に」と言って小さな花束を差し出した。お弁当と引き換えにそれを受け取った従姉は、うろたえた表情でうつむいたきり、いつまでも口ごもっていた。代わりに私が、「ありがとうございます」と言うしかなかった。

明らかに公園に生えていたと思われる名もない草花を、ピンクのビニール紐で縛った、素朴すぎる花束だった。お弁当を片手に、木立の中へ小走りに去ってゆく作業員の向こうから、微かに噴水の音が聞こえていた。従姉の手の中で早くも、白と黄色と水色の小花たちはぐったりと萎《しお》れかけていた。

帰り道、従姉は歩みも止めずに花束を橋の上から川へ投げ捨てた。思いがけず優美な弧を描きながらそれは落ちてゆき、しばらく波にもまれたあと、渦に飲み込まれて沈んでいった。水面には花弁一枚残らなかった。彼女はお客さんの好意を拒否しているわけではない、ただ外の世界から家の中へ目新しいものを持ち込みたくないだけだ、と知っている私は、何事もなかった振りをして自転車を押し続けた。彼女の地図に、息子の知らない誰かからもらった花束を飾る場所は、印されていないのだった。

膝が治りきっていないせいで、彼女の足取りはまだ覚束なかった。靴底が地面をこする音に合わせるように、錆びた自転車がギーギーと鳴っていた。お弁当は全部売れて、荷台の保温容器は空っぽだった。風の向きが変わるたび、ほとんど無意識のうちに彼女は耳に神経を集中させ、耳たぶに楽器がぶら下がっている時と変わらない真剣さで、息子の足音を探した。

「ごちそうさま」

私は言った。従姉は熱いお茶を淹《い》れてくれた。お昼を食べてしまえばあとはもう、たいしてやることは残されていなかった。彼女と二人、お喋りもせず、ラジオもつけず、窓の向こうの庭をぼんやり眺めるだけだった。

元門番小屋は一部屋きりの古びた造りだったが、生活に必要なものは大方揃い、それらがコンパクトに配置されてなかなか居心地がよかった。ベッドの周りも、台所も、洗面台も、長い時間をかけて彼女が整えてきた秩序に守られていた。毎日、お弁当を作っているにもかかわらず、調理器具はごくありふれた安物で、ガスのコンロは二口しかなく、流しは狭かった。ただし無造作に放置されているものは何一つ見当たらず、何もかもが隅々まで磨き上げられていた。洗面台の薬瓶から、ベッドサイドに置かれたメモ帳まで、一つ一つに意味があり、しかし厚かましい振る舞いはせず、輪郭を一続きにしながら、すべてが自分に与えられた場所に大人しく馴染んでいた。従姉の家でお茶を飲んでいると、時折、講堂のガラスの箱の中に紛れ込んだような気持になることがあった。

「今度はいつ頃、講堂に来る？」

私は尋ねた。

「卒業式の頃かなあ」

従姉は答えた。箱の中で、息子は今度、大学を卒業する年を迎える。

「そうだね。それがいいね」

「卒業祝いは、何がいいだろうか……」

独り言でもなく、私に質問するというわけでもない口調だった。

「……えっと……そうねえ、やっぱり、本がいいんじゃない？」

机の上に積み上げられた図書館の本を見やって、私は言った。

「本のことなら誰より詳しいんだから、きっとぴったりのを見つけられる」

「うん」

「そうすれば、同じ本を読めるよ……あの子と……」

死んだ息子のことを何と呼べばいいのか、私はいつも迷った。名前を口にするのは生々しすぎてどこか落ち着かず、かと言って他に適切な表現も思いつかなかった。

「本。ああ、いい考え」

けれど彼女はこちらの迷いにはこだわりもせず、私の提案を素直に受け入れた。

「二人で一冊の本を読むのは、手紙を一通やり取りするのと同じよね、きっと」

従姉は笑みを浮かべた。

たった一つの東向きの窓には、塗料のはげた門扉と、草木の生い茂る庭が映っていた。木々の向こうにあるはずの本宅は、屋根の先さえ見えず、何の気配も届いてはこなかった。そこに暮らす人々の姿を目にしたことは一度もなかった。門扉には無造作に、お弁当用の自転車が立て掛けてあった。

私が帰ったあと、従姉は週末の間中ずっと、そして月曜が来れば、お弁当を全部売った後の午後から夜にかけて、図書館の本を読んで過ごすはずだった。それ以外、他に何をすべきことがあるか、想像できなかった。積み上げられた本を上から順に一冊ずつ手に取り、読み終わればベッドの下へ押し込め、新しい一冊を開く。次に私が来た時、ベッドの下から引っ張り出した本たちを図書館へ返し、机に新たな山を築く。その繰り返しだった。

「図書館の本はいいわ」

ある時、従姉は言った。

「来ては去り、来ては去りで留まらないから。目に見えないものを、ほんの少し、残すだけ。図々しくないの。とっても控えめ」

どんなに気に入った本でも、彼女は書店で買って手元に置こうとはしなかった。死者たちの書いた、ほどなく自分の元から遠ざかってゆく本が、彼女の唯一の話し相手だった。元門番小屋に留まれるのは、その小ささに相応しい慎み深さを持ったものに限られていた。無遠慮に差し出された花束にはその資格がなかった。彼女はいつでも、自分の生きている範囲が息子の定めた境界をはみ出していないか、慎重に見極めようとしていた。これは講堂のガラスの箱に納まるだろうかと、思案するのと同じだった。

「そろそろ失礼しようかな」

お茶を飲み干し、私は立ち上がった。

「じゃあ、次はこれを……」

従姉は食器戸棚の引き出しから、本のリストが書かれたメモを取り出した。

「うん、分かった」

私はそれを折り畳み、ポケットに仕舞った。ずっと先まで、借りてくる本は決まっていた。何枚ものメモが、引き出しの奥で束になっていた。死者たちは誰もが辛抱強く順番を待つことができた。

天候の関係で三度も延期されたあと、ようやく、日曜日の早朝に元産院の爆破解体が行われた。雨が降り止まなかったり、風が強すぎたり、そのために黄砂が飛んできたりして予定が狂うたび、口には出さないまでも皆心のどこかで、もしかしたら産院は壊されずに済むかもしれない、という予感を抱きはじめていた。このままずっと、そこに建っていても構わないじゃないか、と思う人もいた。

実際そのあたり一帯は、廃線になった線路と長い土手に囲まれ、人通りは少なく、水はけの悪い地面には不気味な色をした苔が生え、何であれ新しい建物をこしらえるには相応しくない場所に見えた。元産院は誰の邪魔にもならず、ただひっそりと建っているだけだった。そこで赤ん坊が産まれなくなってから、もう長い年月が経っていた。

五階建てのコンクリートの建物は、前面に規則正しく並ぶ窓と屋上の給水塔の他、目立った特徴も飾りもなく、どっしりと安定していた。楽器にするためのガラス瓶を求める人々に中は踏み荒らされ、壁はひび割れ、地面からは苔が這い上りはじめていたが、かつてそこが赤ん坊たちで満たされていたのは、動かしようもない事実だった。赤ん坊たちの記憶は決して何ものにも侵食されていなかった。

人々の微かな予感を打ち砕くように、その日は爆破に最適な夜明けを迎えた。太陽が姿を見せるとたちまち朝靄は去り、雨雲は欠片《かけら》もなく、風は時折、気づかないほど緩やかに頭上を舞うばかりだった。見物人たちは土手によじ登り、身を寄せ合ってその時が訪れるのを待った。

それでもまだ天気の急変か、火薬の不具合で中止になる可能性もあると、用心深くあたりの様子をうかがっている人もいれば、目の前にどんな壮大な光景が現れ出るか、そのことばかりに心を奪われている人もいた。皆、その産院で産まれた人ばかりだった。

とうに準備は整っていた。周囲に巡らされた立ち入り禁止のロープの内側には、一人の作業員の姿もなく、給水塔の上をかすめて飛んでゆく鳥以外、動いているものは何もなかった。少しずつ東の壁に当たる朝日が明るさを増していったが、どんなに目を凝らしても、割れた窓の奥に見えるのはただの暗がりばかりだった。産まれたての赤ん坊のために使われていた品々、ベビーベッドも盥《たらい》も体重秤も哺乳瓶も、すべてが消え失せていた。その暗がりに光が届く気配はどこにもなかった。

土手に来るのは、子どもの頃以来、久しぶりだった。昔、河原で作り物のように真っ白い毛並みの子犬を拾い、弟と一緒に土手の斜面を転がして遊んだことがあった。こうやって転がしているうち、真っ白でふわふわした上等のボールになるのだ、と私が言うと、カマキリの奇形を作るのに失敗したのも忘れ、弟はすぐ本気にした。少しもじっとしていない子犬をどうにか押さえつけ、土手のてっぺんから勢いよく放り投げると、子犬はシロツメクサが生い茂る斜面を文字通り転がり落ちていった。自分では駆け下りているつもりでも、短すぎる脚は胴体に埋もれ、ほとんど何の役にも立たず、単なる毛の塊になって、逆らえない力にただ身を任せるばかりだった。下まで到達すると、子犬と弟は一緒に興奮した声を上げ、その場で飛び跳ねた。弟は子犬を抱きかかえて再び土手に上り、何度でも同じことを繰り返した。そのたび子犬は忠実に転がっていった。白い毛の中から、震える薄桃色の舌が覗いていた。

その頃、産院でまだ赤ん坊が産まれていたのかどうか、はっきりした記憶はない。一つだけ思い出せるのは、弟もやはりそこで産まれたということだけだった。

結局、上等のボールになれなかった子犬は、台風が来た日、増水した川に流されてしまった。ぐっしょり濡れた体は一回りも二回りも小さくなり、毛は泥水色に染まって元々の白色など面影もなく、浮いたり沈んだりしながら私たちの手の届かないところへ遠ざかっていった。

元産院の北側を通る線路の突き当りには、操車場が広がっていた。寄り集まった幾筋もの線路と、二本の鉄塔と、なぜか一両、取り残されている貨車が見えた。あらゆるものが錆びついていた。赤ん坊を産んだばかりの女性たちが日光浴をした南側のテラスは、寝椅子も日よけも取り払われ、黒ずんだコンクリートの床があらわになるばかりだった。ただ一つ、車寄せの蘇鉄だけが生き生きとした姿をさらしていた。硬いうろこが重なり合ったような幹は太く、地面から盛り上がった根と一体になり、幾重にも枝分かれしていた。先の尖った葉は青々とし、空に向かってどこまでものびてゆく勢いだった。

川面を伝ってくる空気は冷たく、人々の吐く息は白かった。私たちはコートのポケットに両手を突っ込み、できるだけ体を近づけ合って寒さを紛らわそうとした。

「役場の時報が鳴ったあとらしいですよ」

「それが合図ですか?」

「そのあと、カウントダウンがスタートするのです」

「最新の爆薬が使われるんですってね」

「最小の威力で、最大の破壊です」

「だから案外、大人しく終わるかもしれませんよ」

どこで仕入れてきたのか、自分なりの情報を披露する人がいた。他の人々は素直に耳を傾け、うなずいたり、感心したり、質問を投げ掛けたりした。

沈黙の時が訪れると、各々、自分がそこで産まれた時の光景を思い出そうとした。母親が入院していたのは何号室だったか、新生児室の照明は何色だったか、産着にはどんな模様が刺繍されていたか、病室の窓から、土手を転がる真っ白いふわふわした上等のボールは見えたのか……。しかしいくら目を閉じても、浮かんでくるのは窓の奥を満たすのと同じ暗闇ばかりだった。

役場のスピーカーから音楽が流れてきた。町の人なら皆知っている、古い唱歌か舞曲か、とにかく八短調のメロディーだった。私たちはお互いに視線を交差させ、ポケットの中の手を握り締めた。テープが古いせいでところどころかすれ、震えるその音は、川面の冷気と混じり合い、朝露に濡れたシロツメクサを伝って私たちの耳元まで届いてきた。皆、産まれた時から馴染んでいるメロディーのはずなのに、誰もその題名を知らなかった。

「赤ん坊の産声のようだ」

誰かがつぶやいた。皆、黙ってうなずいた。考えてみれば、産声を耳にしたことなど一度もないはずなのに、ああ、これがそうだ、となぜか納得できた。産院はまだそこにあった。音楽の最後の一音が風に舞い、窓の奥に吸い込まれて消えた。闇に目を凝らせば、地層のように積み重なっているいくつもの産声が、聞こえてきそうな気がした。私たちは目を見開いた。

誰かが言っていた、カウントダウンの声はどこからも聞こえてこなかった。合図は小さな沈黙だけだった。土手にいる全員が一緒にふっと目を伏せたような、その沈黙のあと、爆音が響いた。それは私たちが想像するよりずっと乱暴で、無遠慮で、いつまでも長く響き続けた。その時を待っていたにもかかわらず、とっさに何が起こったのか理解できないほどだった。羽ばたく気配も見せずに水鳥たちが飛び立っていった。地面が揺れ、振動が靴の底から直に伝わってきた。私たちはポケットから手を出し、隣の人の腕をつかんで互いの隙間をふさごうとした。

見物人よりも、産院の方がずっと堂々としていた。まず土台と地面の間から、一瞬オレンジ色の火花が飛び散り、煙が上がるのと同時に一階部分が潰れた。産院は無様な抵抗などせず、足元を見つめ、心を整えるように前のめりになり、次々と湧き出る土埃の中、自分の重みだけを頼りにしてゆっくりと倒れていった。与えられた場所から、わずかもはみ出していなかった。すべてを承知した思慮深い巨人が、絶望するでもなく、屈服するでもなく、ただありのままに倒れてゆく、そういう倒壊だった。誰からともなく、吐息が漏れた。

土埃は破片や小石や塵を巻き込み、煙と合体してますます大きく盛り上がっていった。たちまち残骸を飲み込み、蘇鉄も操車場も覆い隠しながら、土手に向かって地面を這い上がろうとしていた。それとともに何とも言えず嫌なにおいが立ち込めてきた。時々、煙の中に火花が走った。思わず私たちは一歩後ずさりし、コートの袖で口元を塞いだ。まだ火薬が残っているのか、小さな爆発音が不規則に聞こえてきたが、立ちふさがる雨雲のような煙に邪魔されて何も見えなかった。けれどその煙の向こうに、もはや産院はないのだということだけははっきりと分かっていた。

私たちはただ待つしかなかった。何がどうなるまで待てばいいのか判然としないままに、立ち尽くしていた。口を開く者は一人もいなかった。

どれくらいじっとしていたのか、誰にとってもあいまいだった。爪先が硬直し、感覚を失っていた。靴の中で足の指を動かしているうち、地面の振動が止んでいるのに気づいた。どこからともなく水鳥たちが戻ってきた。しばらく河原の上を旋回したあと、順に川面に舞い降り、しぶきを上げて羽を畳んだ。私たちはその音に振り返り、土手の反対側の空が何も変わらず澄んでいるのに改めて驚き、再び産院の方に向き直った。

あれほどの勢いで膨張していた土埃と煙は、いつの間にかしぼんでいた。苔に吸い込まれたのか、宙に散ったのか、瓦礫のそこかしこで元気なくくすぶるばかりで、それもたやすく風に流されていった。やはり産院は、もうそこになかった。

誰が言い出すともなく、私たちは一緒に土手を下りた。寒い中じっとしていたせいで体がぎくしゃくし、上手く脚を動かせなかった。尻もちをつき、シロツメクサの露でスカートを濡らす人もいた。私たちは互いに手を取り、助け合ってロープの際まで近寄った。目の前に出現した空間は思ったよりずっと狭かった。小山が築かれているわけでも、巨大な穴が空いているわけでもなく、コンクリートの破片や鉄粉やプラスチックの欠片が地面に散らばっている程度だった。それらはじめじめした土に半ば埋もれながら、苔に新たな模様を付け加えていた。

これほどの小さな空洞で、どうやって赤ん坊たちが産まれていたというのだろうか。

誰もが心の中で同じことを考えていた。頼りなく素っ気ないその空虚が、赤ん坊のための場所だったとはとても信じられなかった。皆、産声の地層が埋まっていた暗闇を探した。たとえ建物は倒壊しても、その暗闇だけはまだどこかに潜んでいるはずだと目を凝らしたが、視線の先には透き通った空が広がっているだけだった。その空に向かい、爆風にも土埃にもやられることのなかった蘇鉄が、尖った葉を放射状にのばしていた。

ほどなく人々はそこに産院があったことも、そこで自分が産まれたことも忘れた。ただ土手を歩く時、なぜか訳もなく耳を澄ましてしまう自分を、いぶかしく思う人はいくらかいた。けれどそんな彼らも、自分が何を聴こうとしているのか、上手く説明はできなかった。もはやどこからも、産声は聞こえてこなかった。瓦礫の鉄分を吸い上げて、蘇鉄はいよいよ生い茂っていった。

4

朝、講堂の掃除が終わるか終わらないかのうちに、一人、男性が渡り廊下を通ってやって来た。

「早くから、すみません」

「いいえ、いいんですよ」

「これくらいの時間ですと、他の方と一緒にならずに、一人でじっくりできるかと思いまして」

「そうですね」

「もちろん、他の方を毛嫌いしているわけではありません」

「ええ、分かっています。たった今、空気を入れ替えたばかりですから、とっても清々しいですよ」

「はい」

Ｂ列12－４番の男性だった。左手に小さな指人形を握っていた。くじ引きの景品か、駄菓子屋のおまけか、空洞になった胴体に指先を入れて遊ぶ、ゴムでできた素朴な女の子の人形だった。おかっぱ頭のてっぺんにピンクのリボンをのせ、目は丸く、口元はにっこりとしていた。スカート代わりに巻き付けられた切れ端の、ギンガムチェック模様がよく似合っていた。ゴムにマジックで印をつけただけの顔にもかかわらず、表情は溌剌としてお茶目だった。

「友だちです」

それを左手の中指にはめ、紹介するようにこちらに向けながら彼は言った。

まだ若い父親だった。穏やかな顔立ちと、ほっそりした体つきには不釣り合いな、大きな手を持っていた。掌《てのひら》は厚みがあり、関節は太かったが、そのたくましさが余計に指人形の愛らしさを際立たせていた。

ガラスケースの中を見れば、彼の子どもが可愛い盛りの幼い女の子なのは明らかだった。マッチ棒の軸と竹ひごで作られたベッドには、カラフルなパッチワークのカバーが掛けられ、その周りを、木馬や鳥かごや絵本が取り囲んでいた。

「まあ、可愛らしい」

「そろそろ、友だちがいないと淋しい年頃です」

「そうでしょうね」

「指しゃぶりも治まって、一人でパジャマが着替えられるようになれば、自然と仲良しができる。そういうものじゃありませんか?」

「ええ、そう思います」

「公園の砂場、オルガン教室、親戚の集まり……。どんな場所でだって、友だちは見つけられます」

「はい」

「生まれて初めての友だちが」

「はい」

少し考えてから、私はカステラの蠟燭を選び、火を点した。いくら厳重に窓を閉めてもどこからか忍び込んでくるらしい風のために、炎はか細く揺らめいた。やがて炎と一緒にうっすら、卵とザラメの混じり合った甘い匂いが立ち上ってきた。

「お友だちは、何ていうお名前ですか?」

マッチの火を吹き消し、蠟燭をガラスケースの前に置いてから私は尋ねた。彼は口ごもり、中指に視線を落とし、ギンガムチェックのスカートを押さえて指人形をいっそう深くはめ直した。

「あの……名前をつけても、構わないものなのでしょうか?」

「もちろんです」

私は答えた。

「確かに、名前がなければ呼びかけることもできない……」

指人形を見つめたまま、彼はつぶやいた。

「ただし、実在の方のお名前は避けた方がよろしいかと思います」

私は言った。

「以前、本当のお友だちと同じ名前をつけた人形を納めた方がおられました。とても仲がよかったので、お友だちご自身がそう望まれたのです。ところが、ほどなくして……」

「亡くなったのですね」

「はい」

「ああ、それは痛ましい」

「心が通いすぎて道連れになる、という話は、珍しくありません」

「ええ、確かに……」

銀杏の梢をすり抜けて飛ぶ小鳥たちの気配が届く以外、講堂は静かなままだった。時折、朝日を浴びた彼らの影が、カーテンの向こうを横切ってゆくのが見えた。

「ですから……」

私の方が先に口を開いた。

「架空のお名前がよろしいですよ」

「架空とは？」

素直な口調で彼は尋ねた。

「別に難しく考える必要はないと思います。お嬢さんの唇がその名を発した時、しみじみと平和な気持になれるような名前です。発音しやすくて、優しい響きで……。いずれにしましても、あなたのガラスケース、B列12－4について、他の誰かがとやかく言うはずもありません」

しばらく私たちは黙ったまま、蠟燭の炎を見つめていた。ガラスが炎に照らされてオレンジ色に染まり、中の子ども部屋はいっそう居心地がよく見えた。ベッドは暖かく、木馬の目は優しく、絵本はいつでも続きが読めるようページが開かれていた。中指の先で指人形は、名前の問題が解決するのを大人しく待っていた。

「ステラです」

聞き取れないほどの小声で、彼は言った。

「名前は、ステラです」

炎の中に隠れている幼女の手を握り、そっとこちらへ誘うような、あるいは、友だちの名前を呼ぶ娘の声をなぞるような慎重な口調で、彼はもう一度繰り返した。中指に向かって私は微笑んだ。心なしかカステラの匂いが濃く立ち込めた気がした。蠟燭は四分の一ほどが燃え、溶けた蠟が根元でごつごつした塊になっていた。

「とてもいいお名前」

「はい」

「頭のリボンを揺らして笑顔を振りまきながら、お花畑を駆け回っている姿が、目に浮かんでくるようです」

「この子となら、きっと楽しく遊べるでしょう」

そう言って彼が広げた左手をくるくる回転させると、指人形は晴々した様子でほつれたスカートの裾を翻し、名前が決まった喜びを全身で表した。

「娘はステラが大好きです。暗くなるのも忘れて、一日中一緒に遊んでもまだ足りないくらいです」

彼は中指を伸び縮みさせたり、前後左右に動かしたり、ガラスケースにそっと近づけたりした。指先で彼女は自由自在に振る舞った。何の遠慮もなかった。ジャンプし、ハミングし、そのリズムに合わせて手を叩き、炎がなびくたび、表情を変化させた。ないはずの足がスキップするのさえ見えるようだった。何をやろうと全部、たくましい彼の手が受けとめた。

「四葉のクローバーを探す競争をする。絵本の登場人物になりきってお芝居をする。おやつのカステラを半分こにして食べる。どっちの方が大きいかでけんかをする。じゃんけんをして仲直りする。楽しいことはいくらでもあります」

彼は言った。私はうなずき、彼の横顔を見やった。ほっそりとした顎のラインには、まだ少年の面影が残っていた。彼自身が友だちと駆け回っていてもおかしくないとさえ思えるほどなのに、瞳には少年の名残とは裏腹な深い影が差していた。その影のせいで、ガラスケースの子ども部屋はなおくっきりと瞳に刻まれていた。

「塗り絵をする。バタ足の練習に励む。手品を披露する。秘密を告白し合う」

中指が動き続けるのと一緒に、彼の口からは次々楽しい事柄が繰り出された。その間中、指人形はうれしくてたまらないといった様子で、ひと時もじっとしていなかった。

「操車場でかくれんぼをする。意地悪な男の子の悪口を言う。あやとりの新しい技を習得する。

運河に白鳥を見に行く」

その一つ一つに私は相槌を打った。どれもこれも、たやすく情景が浮かんできた。指人形を見ていれば、彼女たちがどれほど楽しい気分でいるか、よく分かった。彼は一度として言い間違いをしたり、言葉に詰まったりなどしなかった。あらかじめ入念に練り上げ、大事に胸に仕舞っておいたリストを読み上げてゆくような口ぶりだった。

「ママの香水をこっそりつける。互いの耳の穴を覗き合う。スリッパをトウシューズにしてバレリーナの真似をする。四葉のクローバーを友情の印に交換する」

リストは延々と続いていった。女の子が二人、子どもでいられる間にできることがこんなにもたくさんあるのかと、私はいつしか果てしもない気持になった。

いよいよ蠟燭は短くなり、炎の揺れも心細くなりはじめていたが、それでもまだ甘い匂いは薄らいでいなかった。既に小鳥たちは銀杏から飛び去り、さえずりは聞こえなくなっていた。相変わらず、他の誰かが渡り廊下をやって来る気配はなかった。ただ舞台の奥で、大きな蕪の種を握ったおじいさんが、横目でこちらの様子をうかがうばかりだった。彼の声は床から這い上がってくる澄んだ冷気と混じり合い、ガラスケースを何重にも包み、守っていた。

ふと気づいた時、彼の声は途切れ、左手は指人形が外れないくらいの優しさで握られていた。彼の吐く息がガラスケースに白くにじんだ跡を残していた。リストがおしまいになったからではなく、いつまで経っても終わりが見えず、どうしていいか分からないままに唇を閉じてしまった、という沈黙があたりを満たしていた。

痛くしないように加減しながら、彼は指人形の両頬をつまんだ。彼女は目を一段と丸く見開き、唇を突き出し、せめてお茶目な顔で沈黙を和ませようとするかのような表情を浮かべた。彼が指人形を外し、ガラスケースの中へ納めるのを見届けてから、私は蠟燭を吹き消した。炎が一筋の煙になり、なびいてゆくのと一緒に、カステラの匂いも遠ざかっていった。

さすがにくたびれたらしい。ステラは木馬の隣に腰を下ろし、ベッドにもたれ、お利口にじっとしていた。指人形の目に映る娘の姿を探そうとして、彼はいつまでもガラスケースを見つめ続けていた。


いくら何でもこれ以上は無理だろうと思われてもなお、恋人からバリトンさんへ宛てた手紙の文字は小さくなり続けている。私がどんなに目を凝らしても気づけなかった、文字を記すための場所が、次の手紙ではちゃんと確保されている。もはやそれは、余白とも隙間とも空洞とも違う、紙の向こう側からすくい上げられた虚空としか言いようがない。

彼女はどういう筆記用具を使っているのか、不思議に思う。虚空に字が書けるほどのペン先の形をあれこれ考えてみるものの、やはり〝一人一人の音楽会〟で奏でられる竪琴の弦より他には思い浮かばない。私が知っている中で、最も細いものは、死んだ子どもの髪の毛だ。

手紙に集中しなければならない日は夜明け前に起き、講堂の掃除を済ませたあと、朝日が昇るとともに作業をはじめる。幾重にも絡まり合った文字たちをばらすには、強すぎもせず暗すぎもしない、絶妙に柔らかい自然の光が適している。幸い元職員室にはたくさんの窓があるので、太陽の動きに合わせ、その都度一番適切な光線の差す机に座って手紙を広げる。

何度体験しても解読のスピードは上がらないが、扱いの手つきはいくらか様になっているように思える。大切なのは拡大ではなく、あくまでも光であること、その光によって奥行きをとらえること、便箋の折り目に落ち込んだ文字たちには特に丁寧に接すること、厳禁なのは推測と焦りと誤魔化しであること。経験を積むうち、一つずつ要点がつかめてくる。

たとえぱっと見た感じ、文字が文字でない単なる黒い丸になっているようであったとしても、一文字を取り出してみれば、驚くほど正確に書かれているのが明らかになる。あってもなくても構わない撥《は》ねや点でさえ、省略されるということがない。その厳密さこそが、バリトンさんへの愛の深さを示している。手紙の唯一の解読者である私だけが、そのことを知っている。

窓ガラスから差し込んでくる光に便箋を透かし、瞬きするのも恐れながら一つの黒い丸を凝視しているうち、やがてそれが横、斜め、円の三方向に重なった地層の表面にすぎず、奥に更に探索すべき空間が潜んでいるのだと分かってくる。三層が互いに絡まり合いつながり合い打ち消し合いして新たに生み出す形状は、斬新で神秘的だが、見惚《みと》れている余裕はない。いつ玄関マットで靴底を拭うバリトンさんの気配が聞こえてきても、おかしくはないからだ。

地層を一枚一枚はがしてゆくのが、最も神経を遣う工程になる。方向を見定め、力を加減し、横棒、縦棒、撥ね、払い、点、等々がどの層に含まれるものか、的確に分類していかなければならない。新しさと謎をはらむ形状は、解《ほど》けてゆく過程も美しい。だからこそ、手順を間違えた時はすぐに気づく。暗い地中に不協和音が響く。その時は急いで逆戻りし、手当をし直す。

少しずつ漆黒の闇に文字が浮かび上がってくる。姿を現した文字は、地層から掘り出されたばかりの化石と同じ地中の冷気を帯び、その沈黙の深さであたりを圧倒している。長い時間、誰の目にも触れずにいたというのに、確固とした形を保ち、揺るぎがない。私はその一文字に仕える下女のように這いつくばり、粗相がないかびくびくしながら、表面に残る闇の粉を払い落として姿をきれいに整える。

バリトンさんの恋人は、手紙を私が読んでいるのを知っているのだろうか。それとも、バリトンさんと私、二人だけの秘密なのだろうか。もし後者だとしたら、これは決して彼女に知られてはならない秘密、ということになる。

手紙に記されているのは、すべて愛の言葉だ。季節の挨拶も身辺雑記も事務連絡も、愛と関わりのない文字が紛れ込む余地はない。彼女の思いはいつでも私の予測を超えている。次にはたぶんこういう意味合いの文章が続くだろうと見当をつけても、たいていは裏切られる。特異な手紙のスタイルに通じる大胆さと、一文字に費やす神経に見合うだけの緻密さを兼ね備えた彼女の愛は、私の都合などたやすく打ちのめしてしまう。

いよいよ迷路が複雑になり、黒色の密度が増している手紙の中で、いつまで自分の役目が果たせるか、時折、心配でたまらなくなる。せっかくバリトンさんが見込んでくれたのに、いつか期待に応えられなくなる時が来るのではないだろうか、という予感に苛まれる。それでも私は、園児用の椅子に腰掛ける時より、手洗い場の鏡に顔を映す時より更に小さく体を縮め、一人きりで手紙の世界を這いずり回る。刻まれた言葉を一つ残らず救い出すため、隅々をさ迷う。

しかし本当に心配なのは、どこまでも小さくなってゆく文字を解読できなくなることではなく、手紙の暗黒から戻ってこられなくなることだと、薄々私は勘づいている。

「もしよかったら、今ここで、手紙を音読してほしいのです」

ある日、前触れもなく、バリトンさんがそう歌った。最後の一音が消えてもまだ、私はどう答えていいか分からずにいた。相変わらず歌声は、うっとりするほどに見事なバリトンだった。

園庭には夕暮れが迫っていた。バリトンさんが手紙の受け渡しに訪れるのは、解読のための光が足りなくなる時刻、と決まっていた。

「清書はできています」

答えを誤魔化すように、［既決］の箱をことさらガタガタいわせながら私は紙の束を取り出した。

「どうにか今日中に、間に合わせました。この頃、解読に時間が掛かってしまって、すみません」

私は謝った。手紙が長大になるにつれ、バリトンさんがそれを受け取ってから実際に読めるまでの日数も、長くなる一方だった。

「早くお読みになりたいですね。当然です。愛する方からのお手紙なんですから。あちらだってきっと、返事を心待ちにしておられるでしょう」

と、口にして初めて、バリトンさんが恋人に宛てて書く手紙は、一行も読んだことがないのだと気づいた。あの手紙に相応しい返事がどういうものなのか、見当もつかなかった。それが適切な大きさの文字で記されているのか、方向は正しいのか、そもそも彼はちゃんと返事を書き送っているのか、私は何も知らなかった。私が目にできるのはただ、彼女が暗闇に隠す黒い文字だけだった。

「バリトンさんがお書きになる言葉は、やはり歌声になるのでしょうか？」

ふと、質問が口をついて出た。

「返事をお読みになる彼女は、あなたの歌声を聴くことができますか？　それとも便箋に書かれた言葉は、ただの大人しい文字のままですか？」

うなずくでもなく、否定するでもなく、バリトンさんは口をつぐんだままだった。

「病院にはきっと、手紙を書くための専用のお部屋があるのでしょうね」

仕方なく私は、独り言の振りをして話題を変えた。

「そこがどういうところか、お手紙の清書をしながら、時折、想像しているんです」

どんな事柄であれ、バリトンさんは恋人については何も語らないと知っていながら、私は続けた。

「昔、従姉《いとこ》と一緒に読んだ小説の中に、〝安寧のための筆記室〟というのがあったのを思い出します。それはオフィス街の裏通りに面した雑居ビルや、保養地の外れにあるさびれた長期滞在用ホテルの一室で運営されている部屋で、注意を払っていれば、案外そこかしこに発見できるらしいのです。文字通り、書きものをして心を休ませるための場所です。ご存知ですか？学術論文、日記、作文、履歴書、写本、もちろん手紙。書きものであれば何でも好きなことをして構いません。小説の主人公は、その筆記室の管理人をしているんです」

バリトンさんは黙って聞いていた。

「部屋には、少し斜めに角度のついた木の机が並ぶばかりで、余計な設備は一切ありません。せいぜい、机の上にぽつんと置かれたインク壺が、ささやかなアクセントと言えば言えなくもない、といった程度です。自分は書くべき何かを一つも持っていないが、筆記室での安寧を必要としている、という人がいたとしても心配はいりません。清書してほしい書きものをあらかじめ持ち込んで、管理人に託している人もいるからです。〝安寧のための筆記室〟へ依頼すれば、丁寧な仕事をしてもらえると、密かな評判になっているようです」

バリトンさんは園長先生の机の上で手を組み、指の間にできた空洞に視線を落とした。そんなことを気にする必要などないのに、不用意に歌声を発しないよう、注意を払っているのが伝わってきた。

「字を書く音が心を安らかにすると、誰が最初に気づいたのでしょう。貴重な発見だと思いませんか？　当然のことながら筆記室は静かです。無数の文字があふれ出ているにもかかわらず、部屋を満たしているのは圧倒的な沈黙です。それを味わえる場所は、他にどこにもありません。床は掃き清められ、窓には一点の曇りもなく、黒光りする机は、掌を当てるとひんやりします。ペン先が滑る、紙がめくれる、インクが染み込む、椅子がカタリと鳴る。どれも文字を記すために人間が発している気配なのですが、筆記室の片隅にじっと座っている管理人の耳には、一つ一つの文字が紙へ移動する、足音のように聞こえています」

窓から差し込む光は残り少なく、空は刻々と色を変え、渡り廊下の向こうは既に暗がりに包まれようとしていた。風が吹くと、生い茂る銀杏の枝と一緒にその暗がりも揺れた。木立の間に隠れているのか、細すぎて雲の隙間に紛れてしまったのか、月の姿は見えなかった。

「きっと、そういう静けさの中で書かれたお手紙でしょう、これも」

私は紙の束を整え、ページが欠けていないかもう一度確かめてから、「お遊戯会プログラム」と背表紙に書かれたいつもの紙ばさみに入れた。

「今も彼女は手紙を書いているかもしれませんね、〝安寧のための筆記室〟で」

「いや、僕にとってはこの元職員室こそが、〝安寧のための筆記室〟」

不意に歌声が発せられ、私ははっとしてバリトンさんを見た。彼は机に視線を落としたままだった。

「お願いがあります。どうぞ、手紙を音読して下さい」

再びバリトンさんが歌った。

「清書は済んでいますから、ご自分でお読みになれますよ」

「はい、分かっています」

「もし一刻でも早く内容をお知りになりたいなら、今、ここでお読みになって下さい。私は席を外しましょう」

「いいえ」

立ち上がろうとする私をバリトンさんは押しとどめた。彼のバリトンと私の声は、不自然なためらいにリズムを乱されることもなく、どちらか一方だけが目立ちすぎることもなく、ありのままに呼応していた。ジャングルジムのずっと向こうまで真っすぐ届いたあとでも、彼の歌声はそのまま消えてしまわずに、必ず私の耳元まで戻ってきた。そうして最後まで取っておいた、一番大事な響きの名残で私の鼓膜を震わせた。

「あなたの声で聞きたいのです。たった一人の筆記者である、あなたの声で」

息を吸い込むたび厚みを増すバリトンさんの胸が、すぐ目の前にあった。ああ、これはどこかで聞いたことのある馴染み深いメロディーだ、と私は思った。紙ばさみを手に、バリトンさんへの返事を考えながら、同時に曲名を思い出そうとしていた。

「どうか、どうか……」

彼の歌以外、何も聞こえなかった。園児たちを待ち続ける職員室の静けさと、筆記室を満たす文字たちの足音は、とてもよく似ているのだろうという気がした。長い清書の途中、ペン先の音を、園児たちの小さな足が地面を踏む音と聞き間違え、はっとして園庭を見やることが時々あった。ペンを止めれば気配は消えるのに、ジャングルジムの上に彼らの姿を探さずにはいられなかった。

「あっ」

その時、役場から流れる時報の音楽と同じメロディーだと気づき、私は思わず声を漏らした。町の皆が聞き慣れているのに誰も曲名を知らない、唱歌のような舞曲のような、ハ短調の曲だった。ずっと昔から、親切な誰かが毎日、毎日、決まった時間に流している、元産院の爆破の合図にもなった、あの曲だった。


翳りはじめた西日の中、私たちは園庭を一緒に歩いた。花壇を横切り、ブランコと滑り台と砂場の間を縫い、ジャングルジムの下を通ってから講堂の周りを一周した。手入れをしなくなって長い時間の経つ園庭は、どこもかしこも荒れ放題だった。バリトンさんは倒木を押しのけ、絡まり合う小枝をかき分け、蜘蛛の巣を払った。盛り上がった根、落ち葉に覆われた溝、ばらばらになった三輪車、蛆のわいた鳥の死骸……行く手を阻むものは次々現れたが、その都度彼がいち早く察知し、腕を取って安全な方向へ導いてくれるので安心だった。私はただ手紙の朗読に専念すればよかった。

「お遊戯会プログラム」の紙ばさみは、歩きながら朗読するのにちょうどいい大きさと硬さを持つ土台になった。私はそれを開き、一文一文、間違えないよう気をつけて読んでいった。言葉を暗黒の地中に埋めた恋人の執念と、それを掘り出すために要した労力を考えれば、一字たりとも疎《おろそ》かにはできなかった。

最初のうち、どれくらいの声を出せばいいのかこつがつかめず、紙ばさみの背表紙を撫でたり、咳払いをしたりして落ち着かない気分だった。バリトンさんの歌声とは異なり、自分の声はたやすく散り散りになり、茂みに飲み込まれてどこにも届いていないように思えた。園児たちに絵本や紙芝居を読んでやるのとはすべてが違っていた。しかしバリトンさんは黙ったきり、何の注文もつけてこなかった。

初めて二人で行った旅行の思い出、郷土史資料館の宿直室で幾度となく交わした愛、来年の誕生日プレゼントのために編んでいる、自分の指紋を模様にしたセーターの進捗具合、退院したら一緒に行きたいレストランのリスト、頼むべきメニュー、〝一人一人の音楽会〟用に新しく作る楽器の案、遠くへ行ってしまった赤ん坊への終わりなき呼びかけ……。

どんどん日は沈んでいっても、手紙を読むのに必要な光はまだ残されていた。めくってもめくっても、彼女の言葉は途切れることなくあふれ出てきた。紙ばさみに視線を落としている私には、バリトンさんの表情をうかがうことはできなかったが、肩先から常に温もりが伝わっていた。その体温の中にそっと言葉を差し出し、暗闇の奥で冷え切った文字たちを温めるようにすればいいのだと、少しずつ私にも分かってきた。一歩踏み出すごとに二人の靴底で、銀杏の実が潰れたり泥が散ったり枯葉の山が崩れたりする音がして、それらが朗読の声と一緒になって私たちを包んでいた。

ジャングルジムの隙間に、職員室から漏れてくる明かりが見えた。滑り台は手すりが外れ、ブランコは傾き、プールの底はひび割れて雑草が生えていた。講堂だけがどっしりとした不変の輪郭を描いていた。銀杏の枯葉を踏みながら、私たちはその輪郭を二周、三周と歩いてなぞった。講堂の中に納められたものたちは皆、朗読にも足音にも邪魔されず、各々の無言を保っていた。

……あなたの手の動き、唇のにおい、舌の形、あなたへの愛を証明するために自らに与える罰の数々（真冬の夜、下着一枚でベランダに立ち続ける、腐ったリンゴを食べる、睫毛をすべて抜く、口内洗浄液を一晩中吐き出さないでいる）、二人のイニシャルを秘所に入れ墨するための手順、産着を解いてパッチワークにした布の使い道……。

すっかり暗くなり、ぼんやり浮かび上がって見えるのは自分の指の白さだけになっても尚、手紙の朗読は続いた。彼女の字に比べれば、清書した私の字など退屈で何の面白みもなかったが、それでも愛の言葉は、一つ残らず全部、私の声になってバリトンさんの耳に届いた。

長い夜になりそうだと予感した時、特にバリトンさんが手紙を持って帰り、[既決]の箱が空になった夜は、いつも決まった本を読んで過ごす。とある美術家の伝記で、とても分厚く、綿密な脚注と索引と年表が載っている。年代ごと、二十二に分かれた章には彼の作品名を取り入れた魅力的なタイトルがつけられ、途中、少年時代から晩年までの写真が差し挟まれている。数えきれないくらい読み返しているせいで、所々綴じ糸が弛み、白色の表紙には指の跡が薄茶色になって残っているが、だからこそ余計、自分のためだけの一冊という手触りがして愛おしい。

それは枕元のサイドテーブルに、目薬やかゆみ止めの軟膏や喉を消毒する噴霧器と一緒に置かれている。寝室が昔保健室だった頃の品々が、決してどこかへやられることがないのと同じように、伝記もまた枕元から動かない。

簡易ベッドに横になり、私は本を手に取る。毛布を首元まで持ち上げるように自然に、ページを開く。いつからこの伝記が保健室に置かれていたのか、やはり元々のはじまりは思い出せず、たぶん保健室の先生が愛読していたのだろうと、勝手に思い描くしかない。

当然ながらベッドは小さい。背伸びをすると踝から先がはみ出し、寝返りをうつのがやっとの幅しかなく、人を納めるための最小の箱といった素っ気ない雰囲気を漂わせている。ただ木製の柵に残る勇者やお姫様やクマのシールの跡だけが、かつて具合の悪い園児を慰めていた頃の名残を微かに留めている。私は苦もなくそこへ自らを納めることができる。体中どこにも無理な力は入っていないし、もちろん痛みもない。まるで自分のために誂《あつら》えられた箱のようだ、とさえ感じる。

私がその本をベッドの中で偏愛するのは、伝記の主人公が、拾い集めてきたガラクタを自作の箱に飾ってオブジェを作る美術家だったからかもしれない。彼にとって箱は死者の体、中に納められる品々は失われた彼らの言葉だった……と序文に書かれているのを読んだ時、もしかしてガラスの箱に納めるものを持って講堂を訪れる人々は、伝記の彼をお手本にしたのだろうかという気がした。その証拠に、従姉もまた同じ伝記を愛読していた。命日が近づくと毎年、借りてきてほしい本のリストに、その伝記が入っていた。

講堂の彼らは皆、互いの存在を知らず、相談し合う機会もなく、独りぼっちのように思われているけれど、実は無言のやり取りのうちに一冊の伝記を共有し、いつの間にかそれが彼らを結びつける秘密の会員証になっているのかもしれない。一個一個孤立して見えるガラスケースも、私になど及びもつかない独自のやり方でウィンクを交わし、合図を送り合っているのだ。そう考えると、ふっと安堵の息がつける。蠟燭の炎と甘い匂いを受けてガラスケースに映る、ステラの瞳が目に浮かんでくる。

特に私が好きなのは、美術家が子どもを可愛がる描写だ。生涯結婚しなかったばかりか、恋人と呼べる人さえおらず、もちろん自分の子どもを持つこともなかった彼だが、いつどんな時でも幼い者たちに敬意を払った。子ども、と名付けられるだけで、彼らは特別な地位を与えられた。作品を売ってくれと訪ねて来る美術商を追い返すことはあっても、近所の子どもにねだられれば、決して断ることはなかった。駄菓子をやるように惜しげもなく、大事な箱を与えた。たとえ後日、それがゴミ捨て場に放り投げられているのを見つけたとしても、落胆したりましてや怒ったりなどせず、微笑さえ浮かべながら、拾い集めてまたアトリエへ持ち帰った。親戚の子どもたちが集まると、皆が競ってまとわりついてきた。背中によじ登ったり腕にぶら下がったり太ももに抱きついたりしてくる子どもたちを、思う存分好きなままにさせておくさまは、まるで小鳥を引き寄せる思慮深い樹木のようだった。制作に疲れた時は、公園のベンチに座り、前を行き過ぎる乳母車を眺めるだけで、再び創作のエネルギーを得ることができた。

伝記を抱え、体を丸めたまま私は寝返りをうつ。歩きすぎたせいで両脚が心地よく疲れている。ベッドの軋《きし》む音がおさまると、すぐにまた静けさが戻ってくる。手紙を朗読する間浮かんでいたはずの月は雲に隠れたのか、二人の足跡は闇に塗りつぶされている。

私は一人の老人を胸に蘇らせる。彼はほっそりとして骨ばかりが目立つ体を平凡な洋服の下に隠し、血管の浮いた両手を胸の前で組み、半ば目を閉じつつ、子どもの声を探している。粉を吹いたように白く濁った皺だらけのその耳は、ひどく老いているが、それが子どもの声であれば、どんなに遠く離れていても聴き取ることができる。ズボンのポケットには、彼らと仲良しになるためのおやつを数種類忍ばせてある。合成着色料入りの甘すぎるお菓子だ。

しかし彼が最も心を奪われるのは、そういうお菓子もまだ食べられない、乳母車に乗った赤ん坊なのだ。いや、子どもを区別などしてはならないと、彼自身、自分に言い聞かせてはいるのだが、乳母車が目の前を横切る時に感じる胸の高鳴りを誤魔化すことはできない。

赤ん坊の形に忠実に沿い、その小ささを丸ごと包みながら、決して窮屈ではなく、大きすぎもせず、地面から十数センチ浮遊した宙を、自在に行き来する安全な箱。それが乳母車だ。その中で赤ん坊はたいてい眠っている。何の疑いも持たず、安心しきってまぶたを閉じている。死んでいるのではと疑いを持ち、息をしているかどうか、思わず口元に耳を近づけてしまうほどだ。けれどその疑いは的外れではない。まぶたの下に隠れた瞳には、産まれる前の風景が消えずにまだ残っているし、ミルクの滓《かす》で白くなった舌には、死者たちの言葉が刻まれている。赤ん坊と死者はとてもよく似ている。

美術家はベンチから立ち上がり、空の箱が待つ地下室のアトリエへ戻ってゆく。その後ろ姿を見送っているうち、ようやく私にも眠りが訪れる。

5

子どもの遺髪は楽器ばかりでなく、人形にも用いられる。わが子の面影を宿す人形に出会えた幸運な人々は、時に、作り物の髪を抜いて遺髪に植え替える。お菓子の匂いのする蠟燭《ろうそく》に照らされた人形は、生きているのと変わらない温もりを発する。我が子がいるのは死者の世界ではなく、全く正反対の、死から最も遠く離れた新たな場所なのだ、という気持になれる。なぜ髪が土に還らずいつまでも手元に残り続けるのか、人々はその訳を理解する。

最初にそれを試したのは、美しい竪琴を持つ元美容師の女性だった。竪琴の弦を張っている時、ふと思い立ったのだ。彼女がガラスの箱に納めていた人形は、何の変哲もない合成樹脂製の玩具だったが、ピンピンとして硬いビニール糸の髪の代わりに、遺髪を一本一本埋め込んでやった途端、明らかに他の何ものとも異なる収蔵品となった。

しかし誰もが人形の頭を的確に扱えるわけではない。自然な髪の流れを再現するのは見た目ほど簡単ではなく、何より遺髪は一本たりとも無駄にできない貴重品だった。紙縒《こよ》りで縛られた一房を前にするたび、決して失敗は許されないという恐怖と、自分だけの特別な人形を手にしたいという願いに、彼らは引き裂かれた。

そういう人々のために元美容師は、快くその難しい役割を買って出た。フランス人形、ミルク飲み人形、操り人形、スピーカー内蔵でお喋りするの、横にするとまぶたを閉じるの、夜店の射的屋で売れ残っていたの……。頼まれればどんな人形の、どんな素材の頭でも遺髪に植え替えた。オルゴールの中でくるくる回るバレリーナが差し出された時も、顔色一つ変えず、ペン先ほどもないシニヨンを本物の髪で結い直した。講堂においては何であれ、小さいものは尊ばれるべきなのです、とでも言いたげな手つきだった。

完成品を見た依頼人たちは、一様に言葉をなくした。ついさっきまで自分たちの手の中に横たわっていた髪が、ようやく本来の居場所にたどり着き、瑞々しく息を吹き返しているのを目の当たりにして、その人形を選んだのが間違いではなかったと確信した。彼らはいつまでも人形を見つめ続けた。思わず手をのばし、寝かしつける時よくやっていたように頭を撫でてやろうとしている自分に気づいて、はっと息を飲んだ。

人形たちの髪を手入れするため、櫛やカーラーやピンや鏝《こて》を携えて、元美容師はしばしば講堂に姿を現した。どれも美容室時代のものを縮小させた、専用の用具だった。湿気のせいで緩んだウエーブを元に戻す。解けかけたリボンを結び直す。埃を払う。後れ毛を撫で付ける。ブラシをかける……。するべき作業はいくらでもあった。


「そろそろお下げは卒業する年頃なのですが……」

「来月妹が結婚するので、式に出席しても恥ずかしくない華やかなスタイルにしてやってほしいんです」

「もしお手間でなかったら、気分転換にリボンの色を変えてやって下さいませんでしょうか」

当然ながら、変化を望む人も現れた。元美容師はすべての依頼を聞き入れた。三つ編みからポニーテールに。坊ちゃん刈りから七三分けに。ウエーブのロングからアップに。どんなスタイルでも自由自在だった。依頼人を満足させるだけにとどまらず、人形の雰囲気に似合うよう、自分なりの工夫を加えるのも忘れなかった。ちょっとした髪飾りをおまけにつけてあげることもあった。あまりにも長い時間、死んだ人の髪にばかり触っているせいで、とうとう生きている人の髪を扱う時間がなくなり、美容室を閉鎖してしまったほどだった。

一通りすべての〝顧客〟を見て回ったあとは、ようやく自分の番だった。自分の子どもの箱にたどり着くと、床に座り込み、心行くまで人形の髪と戯れた。残りの時間は全部彼女のもので、そのことに文句を言える人は誰もいないはずだった。幼い子特有の薄茶色をした、向こう側が透けて見えるようにはかない髪が、たっぷり背中を覆い隠すほどにのびていた。何の飾りもなく、カールもせず、ごく自然に真っすぐ同じ長さで揃っていた。

「風邪をひくといけません」

私は毛布を一枚差し出した。彼女はそれを膝に掛け、小さく会釈をした。蠟燭の残りがどれくらいか確かめ、邪魔にならないよう私はその場から遠ざかるが、用事のある振りをして棚の間からそっと様子をうかがった。

まず、ひたすら櫛で梳《と》かすところからスタートする。膝の間に人形を載せ、肩のあたりに左手をあてがいながら、頭のてっぺんから毛先に向けてゆっくりと櫛を動かす。柘植《つげ》でできた、小さくてもちゃんとした櫛だった。あまりにも長い時間、その単純な動作が続くので、終わりが来ないのではないかと時折心配になった。ひとときたりとも彼女は気を緩めない。一梳《す》き一梳き、愛情を証明するように、辛さを積み上げるように、櫛を動かし続ける。表面に指の影が映っているのではと思わせるほどに、少しずつ髪が艶を増してゆくのが分かる。

十分に準備が整ったあと、不意に、手つきが変化する。優しいばかりだった指先に、意思と気迫がみなぎり、十本の指が一斉に複雑な動きを見せはじめる。あらかじめ用意した設計図が頭に入っているのか、それとも無心のなせるわざなのか、迷いも滞りもやり直しもなく、すべての過程が滑らかに進んでゆく。髪はいくつかのブロックに分けられ、各々輪ゴムで縛られたりピンで仮留めされたり、次の段階へ移るのに必要な処置が施される。ついさっきまでのストレートヘアはたちまち様相を変え、これから先どんな形が現れ出るのか見当もつかず、心なしか人形の顔にさえ不安の表情が浮かんでいるようにも思えるが、もちろん元美容師には先々すべての手順が見えている。

必要な時、必要なだけすぐ手に取れるような順番と向きで、床には用具が並べられていた。一口にピンと言ってもただ小さいだけではなく、人形のサイズに合わせて長さから硬さ、Uの字の角度までさまざまな種類があり、遺髪ならではの特色を際立たせるための加工が、目立たないところにまで施されていた。ただしスプレーの類は、ただの水でさえ使われなかった。いくら美のためでも、外から新たな成分を加えるのは誤魔化しだ、無礼だ、という信念からだった。切り取られた時のまま、遺髪に閉じ込められたものだけが大事に守られた。

作業が進むにつれ、徐々に背中が丸まって、人形と彼女、二人きりの空間も縮まってくる。その空間に納まるだけのわずかな動きでも、蠟燭のおかげで私には隅々までよく見える。髪と指が、炎の中に模様を織り上げてゆく。

ある一束はキリキリとねじられ、余った毛先が放射状に広がる。ある一束はあやとりのように指の関節に引っ掛けられたかと思うと、瞬く間に三つ編みにされる。またある一束は更に分割され、各々その細い一筋が頭頂部から後頭部、こめかみへと自在に向きを変えながら、他のものたちをつなげたり合体させたりする役目を果たす。そうした細部に見惚れているうち、一見無秩序に思えた束たちが、いつの間にか寄り添い合って、一まとまりのラインを描こうとしているのに気づくたび、初めてこの作業に立ち会った時と変わらない新鮮な驚きを味わう。彼女の気を散らさないよう、私はもう一歩、棚の後ろに身を潜めつつ、残り少ない蠟燭が消えなければいいが、と案じる。

彼女は最後のピンを左耳の後ろ側に挿し、やり残したことはないか、掌に人形を抱えてあらゆる角度から確認したのち、一つ長い息を吐き出す。それが完成の合図だ。人形の髪は、思いも寄らない形に結い上げられている。彫刻作品か、建築物のようでさえある。複雑なのに仰々しくはなく、バランスが保たれ、華やかさと品を備えている。一点を凝視しているうち、この髪の奥深く、どこまでも引きずり込まれてみたいという奇妙な気分にさせる魔力を持ち、同時に清々しい空気を放ってもいる。

髪型は毎回変化する。一つとして同じデザインはない。小さな人形の髪がこれほど豊かな形を実現できるとは、とても信じられない思いがするのに、彼女は事も無げにやってしまう。三つ編みが蔓植物のように額に巻き付く、惑星のクレーターを思わせる大小いくつもの渦巻きが、頭全体を覆う、側頭部に斜めに突き出した塔状の突起から、命綱に見立てた数本の髪が垂れ下がる、シニヨンの編み込みに、人形の顔つきに似た人面が浮かび上がる……。バリエーションには果てがない。メモを一枚描くでもなく、写真を一枚撮るでもなく、いつ頃どんな季節にどんな髪型にしたか、彼女は全部を記憶し、それらをいちいちゼロに戻して更なる境地を開拓し続ける。彼女の指は遺髪に奉仕し、遺髪は素直に指に身を委ねる。

しかし作業はこれで終わりではない。いよいよここからが本番、と言っても差し支えない。彼女は人形を傍らに横たえて休ませ、用具を美容室時代のものに取り換えて、今度は自分の髪を人形とそっくり同じ形に結うのだ。一通りやった直後だからか、いっそう手際がよくなり、膝の間に立てた手鏡には映らない後頭部でさえ指は苦もなく動き、頭の大きさに反比例する速さでお揃いが完成する。生きた人の髪に触れなくなったあとでも、美容室時代の彼女の腕は少しも鈍っていない。

彼女は人形を抱き上げ、しばらく見つめてから、自分の右耳の入口あたりに残るほつれ毛を縒り、人形の髪の編み目に通して結ぶ。どことどこを結んだらいいか、それもあらかじめ計算に入っている。人形と彼女、二つの頭が髪でつながり合う。

ようやく彼女の口元に笑みが浮かぶ。人形は彼女の右頰から顎のあたりに大人しくぶら下がっている。ほんのわずか体が斜めになっているが、利発な女の子が小首をかしげて一心に何かを考えているようで、なおさら愛らしい。その姿を少しでも視界にとらえようと、彼女は目をきょろきょろさせる。二人の頰が近づき、まるで頰ずりをしてもらったかのようになって、人形はうれし気に脚を揺らす。ほら、こんなふうにしたって落ちないでしょう？　とでも言いたげに、彼女は頭を上下左右に振ったり、首を回したりする。それに合わせて人形も踊る。忠実に彼女に寄り添い続け、最後には必ず、頬を寄せ合う位置に戻ってくる。

わずか数本の髪が、たとえ離れたくても離れられないほどの強固な結び目を作っている。大小、同じ形の髪が一続きの輪郭を成し、互いに含まれ合っている。どちらが生きた人の髪でどちらが死んだ人の髪か、もはや見分けなどつかなくなっている。

私は足音を消して元美容師に近寄り、新しい蠟燭に火を点す。カーテンの向こうが真っ暗になっているのに気づいた彼女が、結び目を外し、人形の髪を解いてブラシをかけ、ガラスケースに横たえるまで、あとどれくらいかかるか、誰にも分からない。私は目を閉じ、胸深く息を吸い込んで、新しい蠟燭が何の匂いか確かめる。


前の晩から降りだした雨が、いつまで待っても止もうとしない寒い日だった。図書館からの帰り、中央公園の入口で従姉を見かけた。雨の時はいつもそうするように、公園の管理事務所の軒下に自転車を停めていたが、お昼時だというのに珍しくお客さんの姿はなかった。公園の緑は靄にかすみ、噴水は停止したまま雨に打たれるばかりで、事務所の明かりは消えていた。そこにいるのはたった一人、従姉だけだった。

合羽を着た彼女は、軒下のコンクリートに横座りし、売れ残ったお弁当を食べていた。メニユーは何なのか、鶏とグリンピースの卵とじか、白身魚の甘辛煮か、一番人気の牛と青菜のオイスターソース炒めか、街灯の下に立つ私からは遠すぎて分からなかった。合羽も顔もびしょ濡れで、なお吹き込んでくるしぶきにさらされながら、それを嫌がっている様子ではなかった。たぶんそこは、あの子の足跡がはっきりと残っていて安心なのだろう。コンクリートの上に直接どっしりと腰を落ち着け、何の遠慮もなく両脚を投げ出していた。雨が降っていることに、気づいていないかのようでさえあった。プラスチックのお弁当容器を抱え、フードの縁から雨の雫が料理の上にこぼれ落ちるのも構わず、一心にスプーンを動かしていた。残らず全部を口に押し込めて、両手の中にあるものを一刻も早く空っぽにしてしまわなければならないと、自らに義務を課すような食べ方だった。傍らの自転車だけが、黙って彼女を待っていた。自転車もまたびしょ濡れだった。

私は傘を握り直し、図書館から借りてきたばかりの、従姉が長い夜を過ごすための本を守るため、鞄をコートの下に隠して抱え込んだ。いよいよ雨は激しさを増し、従姉と私を隔てていた。やがてやって来たバスに乗り、私はその場から遠ざかった。

長い雨が上がって穏やかな晴れ間が広がった週末、新しい竪琴が彫り上がったという連絡があり、アトリエまで受け取りに行った。爆破された産院の脇を流れる川に沿ってしばらく河原を遡り、鉄道橋をくぐると、その先の岸辺にアトリエが見えてくる。護岸用の石垣の上に建つ、歯科医院を改装した平屋の建物だ。遊歩道から石垣の階段を登ってゆくと、医院の看板が掲げられたままの玄関につながっている。裏手にはすぐそこまで山が迫っている。

「はい、こちらです」

先生は右耳用と左耳用、二個の竪琴を掌に載せ、両手ですくった水を分け与えるようにして私に手渡した。

「はい、確かに」

作業が終わって間がない様子で、床にはまだ木の削り屑が舞っていた。

「依頼人はきっと満足されるでしょう」

私は言った。新しい竪琴は先端に胡桃を齧るリスの頭が彫られ、全体にずんぐりとしてどことなく愛嬌があった。たぶん弦になるのはやんちゃ盛りの男の子の髪だろう、という気がした。

「これで元美容師さんに弦を張ってもらえば、完璧です」

講堂にやって来る人に、〝一人一人の音楽会〟のための竪琴について相談を受けると、必ず先生を紹介することにしていた。歳を取って既に引退してしまったが、先生は以前、痛くないと評判の歯科医師だった。特に怖がって泣く小さな子どもの治療が上手く、長年に亘り、幼稚園の嘱託医として歯科検診を受け持っていた。更には、趣味の彫刻の腕を生かし、ボランティアで園児たちに木工を教える先生でもあった。

春と秋、年に二回の歯科検診の日はいつも大騒ぎだった。ひよこ組、かるがも組、くじゃく組、全員が講堂に集合し、小さい子から順に整列するのだが、もうそれだけで普段とは違う雰囲気を察知した園児たちは、興奮してひとときたりともじっとしていられない。無意味に体をくっつけ合う、転げ回る、飛び跳ねる、ひたすら喋りまくる、不安で泣き出す、列の先頭に偵察に行く、鼻をほじる……。ありとあらゆる何かをしないと気が済まない。彼らの発する音が絡まり合い、渦を巻きながら講堂中に響き渡っている。しかし数えきれない園児たちを診てきたベテランの先生は、騒々しさなど意に介さず、パイプ椅子に座り、トレイの中の器具を並べ直したり、ペンライトの調子を確かめたりしている。

「さあ、皆さん、お利口に大きなお口を開けましょうね」

どんなに大騒ぎをしていても、子どもたちは園長先生の言葉に素直に従う。皆、園長先生が大好きなのだ。彼らは先頭に座る白衣の人が、口の中から虫歯を探す人だと、ちゃんと知っている。その人のことを虫歯屋さんと呼んで、彼らなりに歓迎の意を表す。一列に並び、胸を高鳴らせて順番を待ち、いざその時が来たら精一杯の力で口を開けて自分の歯を見せる。

園児たちは、透き通った薄桃色の唇と歯茎と舌を持っている。産まれて間がないものの証拠のように、それはあまりに柔らかく、危うく、畏れさえ抱かせる。その薄桃色の中に、半円を描いて白い歯が埋まっている。誰がそのように彫ったのか、それらは一個一個異なる形を持っている。

喉の奥には洞窟が潜んでいる。小さな入口とは裏腹に、濃い闇に満たされ、どれくらい奥深くまで続いているのか、とても見通すことはできない。規律正しく整列する白い歯たちが、その入口を護衛している。けれど子どもたちは、自分の口の中がどうなっているかなど知りもしない。ただ無邪気に未完成な自分の一部分をさらけ出すだけだ。

幼い者たちの歯にどう触れるべきか、虫歯屋さんは十分に心得ている。頬の内側に指先がほんの少し触れただけで伝わってくる温もりや、洞窟の入口で縮こまる舌の裏の模様や、少しずつ湧き出してくる唾液の様子や、とにかく何もかもをよく知っている。

「上、左から……EがC1、D、C……下いってEが0、CがC2……」

口の中を覗き込みながら虫歯屋さんがつぶやく言葉は、園児たちを不思議な気分にさせる。これは歯磨きをさぼった罪に掛けられる呪いなのだろうか、それとも虫歯菌をおびき出すための罠なのだろうか、とあれこれ思いを巡らせては胸をどきどきさせる。あるいは、自分の歯にとんでもない事態が発生しているのかもしれない、という心配に襲われ、目をぎゅっとつむる。

「シー、イチ、ニー、サン、イー、デー、マル……」

虫歯屋さんの真似をし、訳も分からないまま滅茶苦茶な記号を並べ立ててふざける男の子もいる。気の弱い女の子は、偽の呪いと罠にたちまち引っ掛かり、涙ぐむほどに不安を募らせる。また別の子は順番が来るずっと前から律義に口を開けて待ち、あふれてくる唾をどうやって飲み込もうか思案している。

先生は猫なで声を出したり、芝居がかった態度を見せたりして園児たちの機嫌を取ろうとはしない。ただ一本一本の歯を丁寧に観察するだけだ。むしろその静けさが彼らの興奮を和らげる。賢い彼らは、何かの拍子に歯鏡と歯が触れる、音とも言えない微かなコツンという感触と、顎に添えられた指先のたくましさから、先生の真剣さを感じ取る。ぜひともこの人のために自分の虫歯を差し出したい、という気持になる。

「いい子だ。虫歯なしだ」

と言われると、自分が何の役にも立てなかったような気分になって、むしろがっかりする。

歯科検診の時、先生が座っていたのは舞台に向かって右側、ガラスケースD列1－19が置かれているあたりだっただろうか。それとも反対側、A列16－1の方か。開け放たれたすべての窓から、あふれるほどに降り注いでいたあの時の光がまぶしすぎて、上手く思い出せない。今では園児たちの代わりにガラスの箱が並んでいる。棚の間に潜む冷気が、彼らのざわめきをすべて覆い隠している。

「お元気ですか」

先生は言った。虫歯屋さんだった頃と同じ白衣を着ていた。木片の削り屑があちこちにくっつき、袖口もポケットもすっかり綻びて変色していたが、それでも息を深く吸い込めば、歯茎にしみる消毒液の匂いがまだ残っていそうな気がした。

「はい、おかげさまで。先生は」

「相変わらずです」

「音楽会の前はどうしても、お忙しくなるでしょう」

「はい。多少は根を詰めますが、大したことはありません」

「先生に竪琴を作ってもらいたい方が、幾人も順番を待っています」

「いや、まあ、どうでしょう……」

アトリエは診察室だった頃とほとんど変わっていなかった。二台の診察台は多少埃っぽくなっているものの、ライトやサイドテーブルや付属の機械類はそのままで、口をすすぐ受け皿にコップを置けば、U字形のチューブの先からすぐさま水が出てきそうだった。滅菌器、顕微鏡、シャウカステン、乳鉢、薬瓶、カルテの束、脱脂綿、前掛け……。本来の役目を終えた品々も、昔のまま、いつ訪れるかもしれない次の出番を待ち続けていた。

ガラス越しの光でほんのりと明るい窓辺には、木工教室で教えた園児たちからプレゼントされた作品が、ずらりと並べられていた。どれも虫歯屋さんの顔を表したものだった。糸鋸で切った木片を接着剤でくっつける。釘を打ちつけて目鼻にする。ネジの耳を取り付ける。瞳に錐で穴を開ける。虫歯屋さんの顔に似せるためのさまざまな工夫がなされていた。それらを作ったのがどれほど幼い指か、微妙にずれ、斜めになり、ギザギザとした細部を見れば明らかだった。放心している、とぼけている、血迷っている、途方に暮れている、泣き笑いしている。どれ一つとして同じ顔はなかった。虫歯屋さんのすべての表情が、余すところなく取り揃えられている、とでもいうかのようだった。

窓ガラスには日光を受けてきらめく川の流れが映っていた。レントゲン室も技工室もドアは閉じられ、人の気配はなかった。受付とつながった、カルテを出し入れするための小窓は、すりガラスが半分開いていたが、その奥には薄ぼんやりした暗がりが広がるばかりだった。

「静かですね」

間を持たせるために私は言った。

「ええ」

白衣の真ん中のボタンをはめたり外したりしながら、先生はうなずいた。

「それでも時々、間違えて患者さんが来ますよ」

「そうですか」

「予約なしでも診ていただけますか、と言って、石垣の階段を登ってこられます」

「看板がまだ掛かっていますものね」

「はい」

「木工を習いたい方は、今でもたくさんいらっしゃるでしょう」

「いや、そんなことはありません」

先生はあいまいな笑みを浮かべ、作業台に視線を落とした。ついさっき受け取ったばかりなのに、なぜか心配になり、竪琴がちゃんとあるかどうか確かめるため、私はスカートのポケットに手を入れた。

園児たちは遠足や人形劇鑑賞会と同じくらい、木工教室を楽しみにしていた。先生を見つけると皆一斉に「虫歯屋さん」と声を上げ、走り寄って来た。歯科検診と勘違いし、大きな口を開けて虫歯を探してもらおうとする子もいた。

歯科検診と木工教室、どちらも先生の態度に変わりはなかった。いつもの白衣姿で、何が起こってもうろたえず、歯を前にするのと同じ熱心さで一個一個の木工作品に接した。小さな手が目指そうとしている方向を決して邪魔せず、十本の指がこんがらがって立ち往生した時にだけ、さり気なく助け舟を出した。一本の歯のあるべき姿を追い求めるのと、木片がどんな形になろうとしているか見通すのは、先生にとって同じことだった。

園児たちは、自慢でならないという表情を浮かべ、出来上がったばかりの作品を虫歯屋さんに披露した。まるで自分の手が魔法を起こしたとでも言いたげだった。汽車もあればお姫様のお城もあった。象もいればアザラシもいた。本人にさえ名付けられない、何ものでもない何かもあった。お昼寝の時間には、それらを握り締めたまま毛布に潜り込んだ。すっかり眠りについた彼らの手からこぼれ落ちた作品を、園長先生は一個一個、枕元に置いていった。

竪琴は大人しくポケットの底に横たわっていた。弦が張られ、依頼主の手に渡れば二度と触れることができなくなるそれの、リスの頭のところを私はそっと撫でた。

「ここで竪琴を作られた方は皆さん、満足していらっしゃいます」

わずかに残る、河原に転がっていた頃の木片の冷たさを指先に感じながら、私は言った。

「音色に奥行きがあるそうです」

「僕が作っているのは、単なる枠でしかありません」

先生は首を振り、手慣れた様子で作業台の上の器具を片付けはじめた。

「元美容師さんの腕のおかげでしょう」

石膏を練ったり、処方箋を書いたり、薬を混ぜ合わせたりするのに使われていた台は、耳たぶにおさまる小さな竪琴を作るのにちょうどいいスペースと高さを持ち、感じよく雑然としていた。

「竪琴の音色が美しいのは当然です」

先生は言った。

「死んだ子どもの髪なんですから」

歯の治療器具で、先生はすべての竪琴を作る。木工専用の彫刻刀は一本も使わない。虫歯を削るさまざまなサイズと回転速度のドリル、表面を磨くローラー、歯石を取るスケーラー等々が、一個の木片から竪琴の曲線を彫り出す。

作業台に置かれた木片は、もうすっかり竪琴になる覚悟を決め、先生の両手に身を任せている。下書きは必要ない。河原でそれを見つけた時に浮かび上がって見えていたラインに沿って、ドリルの先端を動かしてゆくだけでいい。先生はひとときたりとも手元から視線を外さず、ラインの特徴によってこまめに器具を取り換え、右足のペダルで速度を調整しながら作業を進めてゆく。左手は目に見えないほど微妙な動きで、ドリルと木の表面の角度を的確に保っている。ペダルが踏まれるたび回転速度が上がり、あの懐かしい、子どもを怯えさせる歯科医院独特の金属音が響き渡る。先生の指先から木屑が舞い上がる。歯よりも木の方がずっと柔らかいはずなのに、虫歯を削って治療する以上の時間がかかる。先生は決して焦らない。竪琴の輪郭が現れ出るまで辛抱強く待ち続ける。一本の歯に刻まれる地層と、遺髪の奏でる音楽が耳に届くまでの時間は、同じくらいに果てしがない。

歯と髪は似ているのだと、今初めて気づいたかのように私は思う。頭蓋骨の外側と内側を縁取り、時間を堆積させ、遺体が腐ったあともいつまでも長く残り続ける。

「そろそろ、おいとまします」

頃合いを見計らって、私は立ち上がった。

「ああ、今、お茶でも差し上げようかと……」

引き留めるように、先生は言った。

「どうぞ、お構いなく」

アトリエにはマグカップ一個、クッキーの缶一つないことを、私はよく知っていた。竪琴を彫るのに気が散るようなものは、何も置かれていないのだった。

「今日は、大事なものをお預かりに伺っただけですから」

私はわずかに膨らんだポケットを撫でた。

「では、そこまで、お送りしましょう」

先生は白衣のボタンを留め直し、襟が折れていないかどうか確かめた。

「ちょうど、河原を歩きたいと思っていたところです」

先生は言った。

素晴らしい竪琴を彫る腕に相応しく、先生はまた、それに適した木片を見つける名人でもある。大雨が降ったあと、山から流されてきた木片を求めて河原を歩く先生の姿を見れば、どんな木でも竪琴になるわけではないのだ、と分かる。曲がりくねった細い流れの中、延々と運ばれてきた木片を先生は一個一個手に取り、慎重に吟味する。大切なのは木の種類ではなく、もっと込み入った、他の人には理解できるはずもない木片の来歴であるらしい。山のどのあたりに生えていた、どんな枝ぶりの木であったか。強風で無理矢理折れたのか、自然に朽ちたのか。どの川の流れに、どれくらいの時間浸っていたか。この傷は鳥が巣をかけた跡か、それとも人の手によるものか……。ただの木片に隠されたあらゆる秘密を先生は読み取ることができる。

その秘密をつなぎ合わせれば、ごく自然に音符になって、遺髪の奏でるメロディーが聞こえてきます、といつだったか先生が教えてくれた。

「自分がどうこうする以前にもう、遺髪の音楽は準備されていて、私たちの足元でじっとその時が来るのを待っているのです」

遊歩道を散歩している時、河原に先生の姿を見かけた人は皆、話し掛けたりなどせず、気づかなかった振りをした。先生が今耳にしているかもしれない音を打ち消さないよう、黙って通り過ぎた。河原に一人たたずみ、背中を丸め、時に膝を折り、祈るように懺悔するように頭を垂れている男から、そっと遠ざかった。

「長い雨でした」

私たちは並んで石垣の階段を下りた。

「川が濁っています」

「そういう時にこそ、いい木片が見つかります」

「くれぐれも気を付けて下さい。流れに足を取られないように」

「はい、分かっています」

「遊歩道がところどころ、水に浸かっていました」

「そうですか……」

風はなく、日差しは暖かく、鉄道橋の橋脚にぶつかる水の音が遠くに聞こえた。

「美容師さんによろしくお伝え下さい」

「はい。いつものように、見事に弦を張って下さるでしょう」

「はい」

「それでは、また」

さようならの言葉を交わして私たちは別れた。遺髪を手に呆然と立ちすくんでいる誰かの耳に、亡き子どもの声を届けるため、新しい竪琴になる木片を探して、先生は河原を遡っていった。

6

講堂の倉庫にストックしているガラスの箱の残りが心細くなってきたので、バリトンさんと一緒に郷土史資料館へ行った。風のない木曜の夜だった。そこは既に足を踏み入れる人もなく、長い間打ち捨てられ、廃墟同然となっているのだが、それでもやはり、誰に許可をもらったらいいのか分からないまま、黙って備品を持ち出すのには多少のためらいがあり、作業するのは人目につかない夜、と決めていた。いつも通り私たちは、大型乳母車を押して幼稚園を出発した。

昔、年少の園児たちの散歩に使っていた九人乗り大型乳母車が、ガラスの箱を運搬するのに適していると最初に気づいたのはバリトンさんだった。子どもたちからお散歩カーと呼ばれたそれは、アルミパイプ製の箱型で、小回りの利く六つの車輪とハンドブレーキが付き、黄緑色の塩化ビニールで覆われた側面には、園名がアップリケで縫い付けられていた。正門の看板が植物に覆われて以来、園の名前を外の世界に示すものは、そのアップリケだけになっていた。たっぷりとした容量があり、安全性が高いばかりでなく、すれ違う人に余計な疑いを抱かせないお散歩カーは、ガラスの箱の運搬にはうってつけだった。お散歩カーに出会った人は誰でも、お揃いの黄色い帽子を被った園児たちがそこに乗せられていた様子を思い出す。ぎゅうぎゅう詰めなのに誰一人窮屈そうにもせず、九人分の子どものエキスが一塊になって密度を増し、四角い箱に詰め込まれたままどこへともなく運ばれてゆく。あの不思議なほどに平和な風景を覚えている人は、まさか今日の前を通り過ぎる同じ乳母車の中に、黙って持ち出された空っぽのガラスの箱が入っているなどとは、考えもしない。

元郷土史資料館は幼稚園を出て最初の交差点を北へ曲がり、橋を渡り、従姉がお弁当を売っている中央公園を通り抜けた先にあった。地下三階地上二階、鉄筋コンクリート造りの頑強な建物で、かつては収蔵品数万点を誇る町の自慢の施設だった。ところがいつの頃からだろう、人々は少しずつ過去を保存しておく情熱を失い、資料館に冷淡な態度を示すようになった。図書館のように新しい公道沿いへ移転させるでもなく、産院のように爆破するでもなく、老朽化するままに放置し、いつとはなしに閉鎖してしまった。遺物を再び過去へ置き去りにする方法を、他に思いつかなかったのかもしれない。

私たちは通用口の脇に乳母車を停め、懐中電灯を手に中へ入り、まずはエントランスホールへ回ってマンモスの模型に挨拶をした。他の収蔵品たちがあるものは朽ち果て、あるものは瓦礫に埋もれ、果ては持ち去られてゆくなか、マンモスだけはかつて資料館のシンボルだった頃に相応しい存在感を保っていた。

「調子はどう？　お利口にしていた？」

マンモスは母と息子の二頭だった。母は牙の間に鼻を垂らし、ぼんやりした色のガラスの目で、どことも言えない宙に視線を送り、傍らの息子は、自分がそこにいることを思い出させようとするように、未熟な短すぎる鼻を母の方に向けていた。その息子の横腹を、私は撫でた。縺《もつ》れてぼそぼそした毛が、指先に絡みついてきた。もはや彼らを取り囲んでいた柵は崩れ、［お手をふれないで下さい］の札はその下敷きになり、真っ二つに割れていた。

年長の園児の社会科見学は毎年、資料館と決まっていた。マンモスを怖がって泣き出す子が必ず何人かいた。先生が抱っこしていくらなだめても効き目がなかった。わざわざ首をよじって目を見開き、こんな気色の悪い不愛想な生きものがすぐ目の前にいるのに、どうして平気でいられるのだ、と誰かに向かって抗議するような泣き声を、エントランス中に響かせた。混乱の原因は自分たちにあると察しているのか、母と子のマンモスの目には、いっそうしょんぼりとした影が差していた。止む気配のない抗議の合間を縫い、学芸員のバリトンさん（まだその名前はついていない頃だったけれども）は、幼稚園児にも分かる言葉で、マンモスの説明をしてくれた。

「さて、今回は、どのあたりを探しましょう」

掌に残るマンモスの毛の感触を握り締めながら私が言うと、バリトンさんは黙ったまま、地下室へつながる扉に懐中電灯の光を当てた。

バリトンさんの歌声と同じくらい、彼の喋る声も好きだったのを、私は思い出した。子どもたちの泣き声をすり抜けるしなやかさと、それをそっくり抱き留めるおおらかさの両方を感じさせる声だった。マンモスの食べ物や、暮らしている土地の天候や、骨が発見された様子を説明している声の奥には、いずれ名前の由来となるバリトンの響きが、既に潜んでいた。もう一度だけこっそり、手紙の解読のお礼として、あの話し声を聴かせてくれるというわけにはいかないのだろうか……。不意に浮かんできた願いに戸惑い、それを悟られないよう、私はバリトンさんより先にノブに手を掛けた。

「では、行きましょう」

階段を下りた先には本館と別館をつなぐ地下室が広がっていた。古文書、土器、青銅器、農機具、衣類、化石、標本、動物、昆虫、植物、鉱物、パノラマ模型、入場券、図録、年表……。系統立てて整理整頓されていたはずのものたちは、転がり落ちて通路を塞いだり、お互い重なり合って山を築いたり、ネズミに齧られたりしてかつての居場所を見失っていた。いつかの地震であちこちの棚が崩れ、床には台風の豪雨で浸水した名残の泥が積もっていた。あるいはそういう外からの力とは関係なく、潔く自ら朽ちてゆくものも多くあった。安全のため私たちは手をつなぎ、二つの明かりだけを頼りに奥へ進み、地下三階にあるかつての備品倉庫まで下りて行った。

もちろん、ガラスのケースなら何でもいいというわけではなかった。限られた講堂のスペースを分け合うのに適したサイズがあったし、ひび割れたり、ひどく汚れているものを選り分ける必要もあった。最初の頃は、上の展示室にあるのを運び出せばよかった。まだ中に残っている展示品、例えば古生代の三葉虫の化石や、古墳から出土した装飾品や、偉人の手紙等などを取り出すのに多少気が引けたが、講堂で新しい役目を果たしてもらうためなのだから、と思えば心も痛まなかった。講堂の訪問者の中には、自分のケースがかつて何を展示していたのか、知りたいという人もいた。そういう人に、五億年前の地層に眠る三葉虫が、いかに海底の王者に相応しい凛々しい触角を持っていたか説明してあげると、たいていの場合喜ばれた。まるで五億年前からあなたの子どもはずっと変わらず立派なのだと褒めてもらったかのような、はにかんだ笑みを浮かべた。

ところがほどなく、展示室の適切なケースは全部使い切ってしまい、それでもなお講堂を求める人々は絶えず、仕方なく地下の倉庫まで範囲を広げなくてはいけなくなった。地下は表から想像するよりずっと広大だった。瓦礫をまたぎ、倒れ掛かったキャビネットを持ち上げ、バリトンさんはずんずん闇を押しのけていった。幼稚園にいる時より、バリトンさんの背中は大きく見えた。その背中につき従ってさえいれば、ガラスのケースが尽きることも、講堂が一杯になって箱を並べられなくなることもないはずだ、という気持になれた。

ただ、地下三階から通用口の乳母車まで、箱を運び上げるのは骨の折れる作業だった。尖った角が掌に食い込んで痛むのを我慢しつつ、私たちは力を合わせ、一段一段、階段を上がっていった。一個終われば次、また一個終われば次、と根気強く何度も上と下を往復した。暗すぎて目配せが交わせず、踊り場で方向転換したり、立ち止まって一息ついたりするタイミングを計るには、互いの息遣いだけが頼りだった。私たちは全身に力を込めながら同時に、耳を澄まし合った。

私たち以外、そこには誰もいなかった。時折、どこかで物音がすると、足を止め、静まるのを待った。柱が軋んだか、ネズミが走っただけだと知っていたから、何も怖くはなかった。

「マンモスが歯ぎしりをしたんです」

「息子が耳をパタパタさせました」

「お母さんの欠伸ですね」

私はすべてをマンモスのせいにした。その都度バリトンさんは、なるほど、という表情を浮かべてうなずいた。それを合図にして私たちは再び一段一段の労働に戻った。

バリトンさんの指示が的確だったおかげで、状態の良いガラスの箱を最大個数手に入れることができた。それを乳母車に積めるだけ積んでしまえば、あとはもう楽なものだった。乳母車を押して帰るのは、のんびり夜の散歩を楽しむのと変わりなかった。私は中を覗き込み、園児の点呼をするように個数を確認した。これだけあれば大丈夫。どれくらいの間もつかは分からないけれど、でもしばらくは心配いらない。いつガラスの箱を求める人が講堂に現れようと、余裕たっぷりの微笑みで迎えることができる。隣にはバリトンさんがいる。暖かい夜で、三日月が出ていて、それを隠す雲の気配はどこにもない。大丈夫……。昨日までの心細さが消え、何とも言えない安心が込み上げてくるのを、私は感じた。

九人分の園児より中身はずっと重いはずだが、大型乳母車は少しもそんな素振りは見せなかった。お散歩カーと呼ばれていた頃と変わらない落ち着きがあった。あの頃はスピードの出すぎを防ぐため、二手に分かれ、若い方の先生がハンドルを押し、先輩の先生が先に立って箱の縁を引っ張るのが決まりになっていた。けれどそれを知らないバリトンさんは、私と並んで一緒にハンドルを押した。ブレーキのある側が私、ない方がバリトンさんだった。

「上手くいきました」

私は言った。バリトンさんはうなずいた。

「ちょうどいい大きさで、傷も曇りもありません」

いきなりわけも分からず瓦礫の中から運び出されたというのに、箱たちは大人しく乳母車の中に納まっていた。額をぶつけて怪我をしないよう、内側に張られたキルトの布には、園児たちの体からこぼれ出たもの逆流したもの剝がれ落ちたものたちの痕跡が残り、それらが彼らのすべすべとして柔らかい肌の感触とは似ても似つかない、奇怪な模様を描き出していた。手すりにぶら下げられたままの音の出る玩具が、時折、控えめに鳴った。

「とうとう、地下三階まで至ってしまいました」

噴水は止まり、公園の木々は闇に塗り込められ、梢の向こうには闇よりも濃い空が広がっていた。私たちは街灯の明かりをたどって歩いた。足音と車輪の軋みと玩具の鈴が、調和の取れたリズムを刻んでいた。

「それより下はもうありません。行き止まりです」

夜勤へ向かうのか、眠れずにただ迷っているだけなのか、男一人とすれ違った。乳母車に気づくと脇によけ、園児が乗っているのと変わりない礼儀正しさで道を空けてくれた。

「しかし地下室は、どこまでも広い」

男が十分遠ざかったことを確かめてから、バリトンさんがその日、初めて口を開いた。

「ガラスの箱はいつまでも待ち続けます。救い出され、講堂に並ぶ日を。死んだ子どものために、辛抱強くいつまでも」

散歩ではしゃぎすぎ、お昼寝の時間を待ちきれずに乳母車の中でもたれ合い、うとうとしはじめた園児たちの背中を撫でるような優しい歌声だった。

公園を通り抜け、橋に差し掛かる頃にはほとんど人影はなくなった。聞こえるのは乳母車が奏でる音と、川の流れる音だけだった。

バリトンさんの肩越しに橋の下を覗いたが、土手も河原も水も区別がつかなかった。乳母車は機嫌よく進んだ。その箱は夜を切り開く十分な力強さと、何があっても壊れない安定感を持ち、バリトンさんと私、二人の力を一つにつないでいた。

「はい、おっしゃる通り。余計な心配は無用ですね」

私はハンドルを握り直した。それは錆びついてジャリジャリしていた。ハンドルは横幅が百二十センチほどしかないので、私たちは自然と肩をすぼめて寄り添う形になった。油断するとすぐ、ハンドルを握る互いの指が触れそうになり、気づかれないようそっと位置をずらさなければいけなかった。

その夜私たちは、手紙については一言も話題にしなかった。元園長先生の茶色い書類箱に横たわる、紙の束など忘れた振りをし、乳母車を押すことだけに専念した。ただひたすら夜の中、二人きりで、死んだ子どもの未来を保存するための空洞を運んだ。


月末の日曜日、雨さえ降っていなければ、クリーニング店の奥さんがやって来る。

「おはようございます」

奥さんは朗らかな挨拶をしてくれる。その感じよさは、昔、お昼寝用のブランケットや先生のエプロンをクリーニングに出していた時分から変わらない。思わずこちらまで潑溂とした気分になる。制服の白いシャツと紺色のスラックス姿は、いかにも働き者といった様子で、お化粧っ気はなく、いつの間にか白いものが目立つようになった髪をきゅっと一つに束ねている。たとえブランケットやエプロンを洗濯する必要がなくなったとしても、幼稚園に足を踏み入れる時には、やはりクリーニング屋であるべきだという意思が、制服姿に表れている。

シャツはいつどんな時も、常に完全な白色を保っている。ポケットや刺繡やフリルなど余計な装飾は一切なく、ただその白さのみが彼女のシャツを形作っている。奥さんの姿を見た人は誰でも、こういう白さをまとった人に洗濯をしてもらったら、自分の身まで清らかになれそうだ、と思う。

「おはようございます」

「お邪魔して、よろしいですか？」

「もちろんです」

「いつもすみませんね」

「いいえ。別に遠慮などいりません」

「ありがとうございます」

「はい、どうぞ」

毎回私たちは同じような会話を交わす。奥さんは深々と頭を下げ、身につけた唯一のアクセサリー、胸元に下がるペンダントにそっと手をやる。

奥さんが向かうのは講堂ではなく、園庭だ。彼女はガラスの箱を持っていない。では何のために元幼稚園へやって来るのか、もちろん理由を尋ねたりはしない。奥さんは一人、園庭の遊具で遊ぶ。たぶん遊ぶという言い方は違っているのだろうが、それらが遊具である以上、他に適切な言葉が見つからない。滑り台、シーソー、ブランコ、鉄棒。生い茂る木々に隠れてほとんど壊れかけ、忘れ去られたそれらが、月に一度の日曜日に奥さんが求めるものだ。

「もしご用がございましたら、いつでもお声を掛けて下さい」

彼女のために自分ができることなど何もないと分かっていながら、毎回そう声を掛けたあと、手紙の解読の続きをするため、私は職員室へ入る。［未決］の箱には、いつになったら終わるか見当もつかないくらい分厚い便箋の束が残っている。私は園庭が一番よく見通せる、園長先生の机に座る。

毎回、スタートは滑り台と決まっていた。南西の角、育ちすぎて幹が斜めになったユーカリの、絡まり合う枝の中にそれはあった。素朴な滑り台だった。象の背中を上って鼻を滑る、といったデザインの目新しさとも、角度と長さを競うスリルとも無縁。六段ほどの梯子を登り、コンクリートでできた斜面に身を任せれば、たちまち一秒もかからずに地面に到着、という具合だった。

奥さんは上っては滑り、上っては滑りの単調な動作を繰り返した。そこには、滑り台の正しい遊び方を実演するような、あるいはそれの強度を調べる実験に専念しているようなひたむきさがあった。梯子の手すりを握り、一段一段しっかりと踏みしめる。頂上に達すると一旦遠くに目をやり、呼吸を整えたあと、斜面にお尻をつけ、両手を真っすぐ前方に突き出して滑り降りる。斜面の先端、平らになった部分にお尻がちゃんと納まったのを確かめてから立ち上がり、落葉を踏んで再び梯子の下へ戻る。この繰り返しだった。梯子は土台がやや傾き、手すりが一か所ぐらついていたが、そういう不具合も全部頭に入れてバランスを保ち、もたつく素振りは一切見せなかった。

「誰か得意な人に頼んで、修理をしてもらいましょうか」

一度、そう提案したことがあったが、奥さんはとんでもないという表情を浮かべた。

「直す必要なんてありません」

「どれもこれも危なっかしくて、いつ崩れるか分かりませんよ」

「いいえ」

奥さんは首を横に振った。

「よく心得ています。どこを踏んだら危ないか、どれくらいの力加減が適切か、全部頭に入っています。それに……」

少し間を開けてから、彼女は言い足した。

「私より他に、遊ぶ人は誰もいません。たった一人、私のためにわざわざ直すなんて、もったいないじゃありませんか。このままで十分です」

以来、修理の話題は持ち上がらなかった。朽ちてゆく遊具たちの付き添い人として、月に一度、奥さんは園庭に通い続けた。

滑り台の次はシーソーだった。回数が定められているのか、満足するまでやる決まりなのか、遊具の移動はスムーズに行われた。スラックスのお尻をパンパンと叩くのが滑り台終了の合図だった。シーソーは四人乗りで、板も支柱も四つの持ち手も大方塗装が剝げ、ひびの隙間が黒ずんで腐りかけていた。奥さんは板の先端にまたがり、両膝を折り曲げ、持ち手を握り締めた。ユーカリの枝が邪魔をし、職員室からはシーソーの反対側半分は隠れて見えなかった。奥さんは背筋をのばし、地面を蹴って勢いよく宙に浮き上がった。その軽やかさとは裏腹に、支柱が喘息のような苦しげな音を立てた。

園児たちはシーソーで遊ぶことを、ぎっとんばったんする、と言った。誰が一番に乗るか、誰と一緒に乗るか、いつも小さな騒ぎが起こった。真ん中寄りは小さい子、端っこは大きい子よ、と園長先生が言うと、皆お利口に決まりごとを守った。浮き上がる時は「ぎっとん」、地面に着く時は「ばったん」。園児たちはそう掛け声を出し合った。口が上手く回らない子は、ぎーぎー、とんとん、ばーばー、たんたん、とたどたどしい独自の合いの手で加わり、一人前の得意げな表情を浮かべた。両足が地面から離れ、たとえ一瞬でも空中にぽつんと取り残されているというのに、そんなことも知らず、怖いとも思わず、靴が脱げるほど足をパタパタさせて喜んでいた。塗装は滑らかに光り、支柱にはたっぷり油がさされ、園児たちの歓声以外、耳障りな音はどこからも聞こえてこなかった。

奥さんはとても上手にシーソーを操った。反対側は空席にもかかわらず、空中の一番高い地点まで浮き上がり、しかも園児たちを最も興奮させる、宙に停止して取り残されるあの一瞬もちゃんと再現することができた。ユーカリの茂みに頭がぶつかり、折れた小枝が髪の毛に刺さっても平気だった。もしかしたらユーカリで隠れた向こうに、誰かが乗っているのだろうか、と錯覚するほどだった。

手紙の黒い地層を掘り返すのに疲れると、私は手を止め、園庭を眺めた。支柱の奏でる異音とともに上下する奥さんの胸元で、ペンダントが跳ねているのが見えた。細い革紐につながったそれは、ぎっとんばったんに熱中する園児たちの喜びを再現するように、白いシャツの上を転がっていた。

「可愛いらしいペンダントですね」

それが単なるアクセサリーではないと気づいたのは、何気なくそう口に出したあとだった。

「あっ、これですか」

しかし奥さんはこだわりもなく紐を持ち上げ、私の前にそれを近づけて見せてくれた。先にぶら下がっているのはゴムのおしゃぶりだった。円盤状の土台の真ん中に乳首の形をした突起がくっついている、ありふれた品だった。表面に残る傷とゴムの変色具合から、新品ではなく、かつて実際に赤ん坊がくわえていたものだろうと察しがついた。

「とてもよくお似合いです」

私は言った。嘘ではなかった。たっぷりの唾液を吸い込んだ不透明な飴色と、赤ん坊の唇に合わせた小ささには、シャツの白色を邪魔しない慎み深さが感じられた。耳たぶにぶら下げられる楽器たちがどれも、決して出しゃばらないのと同じだった。

「はい、どうも……」

奥さんは恥ずかしそうに微笑んだ。

気づくと奥さんはブランコに移っていた。それは遊具の中で最も傷みが激しく、ほとんど元の形を留めていないと言ってもいいくらいだった。三角の支柱の一本が折れて大きく傾き、座板を吊り下げる鎖は絡まり合い、錆びついて解けず、迷い込んで息絶えたらしい野良猫の骨が雑草の中に散らばっていた。もはや漕ぐことのできないブランコの、それでもどうにか体を乗せられる座板を選び、奥さんは腰掛けた。座ったまま、ただじっとしていた。傾いた座板に合わせて上半身をねじり、独自なバランスを取っていた。滑り台とシーソーで疲れた体を休めているようでもあったし、足元の骨を見つめているようでもあった。そして時折、胸元のおしゃぶりを持ち上げ、口に含んだ。

私が一番好きなのは鉄棒をしている奥さんだった。それは一連の遊びの最後を飾る、とっておきの遊具だった。初老と言ってもいい彼女のどこにそれほどの力が隠されているのか、いつも不思議な気持に捕らわれた。鉄棒の順番が来ると、どんなに手紙の内容が佳境に入っていようと、解読を中断し、園庭に視線を送らないではいられなかった。

奥さんは鉄棒で大車輪をやって見せた。大人なら足がつかえるはずの、園児用の低い鉄棒にぶら下がって蹴上がりをし、二度三度振りをつけたかと思うと、真っすぐにのばした体を引き上げ、そのまま回転した。ぼんやりしていたら何が起こったか分からないくらい、鮮やかな一瞬だった。鉄棒を握り締める指から爪先まで、肘も膝も緩むことなく一直線につながり、その一直線が綺麗な弧を描き出した。シャツの白色が梢から覗く空にくっきりと映えていた。足を折り曲げてもいないのに、どうして地面に邪魔されずに完全な回転ができるのか、どんなに目を凝らしても分からなかった。

三回、四回、五回と連続するたび、勢いがつき、回転はいっそうのびやかさを増していった。体中どこにも無駄な力は入っておらず、ピンと伸びた爪先が空を切る音さえ聞こえてきそうだった。重力と遠心力と目に見えない何かが、か細い体を支えていた。一瞬のためらいもない頂点から真下への落下。その勢いを利用した六時方向から九時方向への振り。しなる手首。再びの頂点。すべてが一続きで自然だった。一回転するごと、時を遡っているかのように全身に若々しさがみなぎり、鉄棒の高さと体のサイズのアンバランスもいつの間にか解消されていた。講職員室の窓枠に切り取られた緑の中、奥さんと鉄棒は完璧な一つの調和を生み出していた。講堂のガラスの箱と中身が、縮尺などお構いなく、一つの輪郭に納まっているのと同じだった。

奥さんと一緒におしゃぶりも回転していた。それは奥さんの描く円に忠実につき従った。同心の二つの円が離れ離れになることは決してなかった。園庭の緑が息をひそめ、その円を見守っていた。


「どうも、ありがとうございました」

一通り遊具との時間を終えた奥さんは、職員室の入口でお礼を言った。

「もうおしまいですか?」

手紙を未決の箱に戻し、私は立ち上がった。なぜかその方が奥さんのためにはいいような気がして、事務仕事に熱中し、園庭の様子など少しも見ていなかった振りをした。

「お茶でもいかがです。ちょうど昨日、カップケーキを焼いたばかりです」

「どうぞお構いなく。すぐに失礼します」

奥さんは額の汗を指先で拭った。ほつれた白髪が首筋に張りついていた。ついさっきまで見事な大車輪をしていた力強さの気配は消え去り、ただ感じのよい笑みだけが元に戻っていた。茂みの中、雨ざらしの遊具で遊んだにもかかわらず、シャツは真っ白のままだった。その胸元におしゃぶりが大人しくぶら下がっていた。

「さて、今回は何を洗濯させてもらいましょう」

奥さんは言った。遊具のお礼にクリーニングのサービスをしてもらうのがいつもの約束になっていた。

「いいんですよ、別に。むしろ遊具を使ってもらってありがたいくらいなんですから」

「いいえ、そうおっしゃらず、ぜひとも。これくらいしか、お礼の仕方が思い浮かびませんので」

「そうですか。では、お言葉に甘えて、これを……」

私はお散歩カーの内側から取り外したキルトを差し出した。

「汗取り、染み抜きはどうしましょう」

慣れた手つきでキルトを裏返したり、素材を確かめたりしながら、奥さんは尋ねた。

「いいえ、普通のドライクリーニングでお願いします」

「承知しました」

奥さんはキルトを大事に折り畳んだ。それは資料館のガラスケースを運んだ時についた泥で汚れていた。洗ってほしいのはその泥だけで、園児たちのさまざまな痕跡はもはやどんな洗剤を使おうと落ちるはずもなく、また落とす必要もないのだった。

「お急ぎですか」

「いいえ、急ぎません」

私は答えた。今度ガラスケースの補充が必要になるのは、しばらく先になりそうだと分かっていた。

「では、お預かりします」

「よろしくお願いします」

「はい」

「どうぞお気をつけて。またいつでもいらして下さい」

「はい」

「お待ちしています」

「さようなら」

「さようなら」

奥さんは洗濯物専用の大きな手提げ袋にキルトを入れ、園庭の茂みをかき分けて正門へ向かっていった。ひととき昔の役目を思い出し、息を吹き返した遊具たちは再び眠りについていた。手提げ袋を提げ、それらの間を縫うようにして歩く後ろ姿を、私は見送った。

正門を出る時、奥さんは一度だけ立ち止まり、園庭を振り返った。おしゃぶりをくわえ、二、三度唇をすぼめてそれを吸ったあと、遠ざかっていった。やがて白いシャツは日の光に紛れて見えなくなった。

中央公園でお弁当を売った帰り、従姉が息子の大学卒業と誕生日を兼ねたお祝いを持って講堂へやって来た。銀杏《いちょう》の脇に自転車を停めると、三角巾を外して前掛けのポケットに押し込めた。

「今日のメニューは何だったの？」

私は尋ねた。

「白身魚の甘酢あんかけ」

「美味しそう」

お弁当は全部売れて、荷台の保温容器は空になっていた。

「どの本にするか、とっても迷った」

と、従姉はつぶやいた。いつだったか二人で話した通り、プレゼントは文庫本にしたようだった。

「それはそうでしょうね。本はあまりにもたくさんあるんだから」

二十二歳の若者に相応しい、幼すぎない蠟燭《ろうそく》はどれがいいか、私はしばらく迷った。でもせっかくの誕生日なのだからと思い、デコレーションケーキの匂いを選んだ。

「改めてありがたいと思ったわ」

ガラスの表面を拭きながら従姉は言った。彼女の箱は舞台から一番遠い棚の端にあった。手入れが行き届き、中には塵一つ落ちていなかった。元は中生代白亜紀の川辺を表す復元模型を納めていたケースだった。

「だって、あの子と一緒に読みたいと思える本を書いた作家の大多数は、もう、死んでいるんだもの」

死んだ人の書いたものしか読まないのは、彼女が自分に課した、ずっと昔から変わらない掟だった。

「よい本は、作家より長生きするの」

「うん」

私は相槌を打った。

「寿命は呆気ないけど……」

「本は生き残るのね」

「この箱と一緒」

一つの指紋さえなく綺麗に磨き上げてもまだ足りないというふうに、彼女はガラスを拭き続けた。

従姉がプレゼントに選んだのはダニロ・キシュの『若き日の哀しみ』だった。『赤と黒』、

『嵐が丘』、『罪と罰』、『城』、『怒りの葡萄』、『レ・ミゼラブル』等々、大作が候補に挙がる中、最も控えめで、大げさでなく、少年を取り巻くささやかな世界を描いた一冊が選ばれた。同時に、一番薄くて小さな本でもあった。

「結局は、どれを選んだっていいのよ。人間より長生きしているというだけで、大事な本だと証明されてるのと同じだから」

やはり特別な日だからだろうか、従姉は普段よりよく喋った。

「今、自分が読んでいるのと同じページを、今はここにいない誰かも読んだ、と思うだけで安堵できない？」

「ええ」

「自分が、死んだあとまで生きてるような、そんな気持」

私はただうなずくだけで、言葉は何も返せなかった。従姉はようやく手を止め、磨き布を折り畳んで前掛けのもう一つのポケットに仕舞った。

いつの間にかカーテンの向こうが薄暗くなり、銀杏がざわついて微かに雨の音がしている気がした。自転車が濡れるのではと思ったが、従姉は気にする様子もなかった。もしかして、誰かが渡り廊下を歩いているのだろうか。私は耳を澄ました。ポツ、ポツ、屋根に当たる雨粒の音が少しずつくっきりとしはじめていた。

こんなにもたくさんガラスの箱が並んでいるのに、不思議と講堂を訪れる人が重複することはなかった。別に予約などしなくても、他の人の視線を避けたり、あとから来た人に遠慮して早めに切り上げたり、そういう余計な気遣いをしないで済むような巡り合わせになっていた。誰かがやって来て、心行くまで自分の時間を過ごし、講堂を後にする。その人の気配が消える十分な静けさのあと、次の誰かが現れる、という具合だった。常に彼らはガラスの箱と一対一の時を過ごすことができた。まるでガラスの箱に守られた者たちが編み出した無言の秩序に、皆が従順に従っているとでもいうかのようだった。

「どうして世界の名作と呼ばれる本の題名には、○○と○○、のパターンが多いのかしらねえ」

今改めて気づいたという口調で、従姉が口を開いた。

「確かにその通りね」

「『戦争と平和』、『王子と乞食』、『ハツカネズミと人間』」

「『響きと怒り』、『高慢と偏見』、『老人と海』……いくらでもある」

「言葉が二つあれば、世界を表現するのに十分足りるということかしら」

「『ジキル博士とハイド氏』、『フラニーとゾーイ』、『ロミオとジュリエット』。人の名前になると、ちょっと面白味に欠けるかもしれない」

「『点子ちゃんとアントン』っていうのもあるわよ」

「ああ、それなら許せる」

すべての準備が整ってから、従姉はプレゼントを箱に入れた。犬と少年が描かれたベージュの表紙がよく見えるよう、背面のガラスに立て掛ける角度を細かく調節した。既に収納されていた万年筆や手帳や図書館の貸出カードと、それはすぐに馴染んだ。私たちはしばらく黙ったまま、一緒にガラスの箱を見つめた。

既に誤魔化しようもなく、雨の音があたりに満ちていた。扉の隙間から、冷たい空気が忍び込んできた。

〝この別れのあとで、ぼくは生きられない〟

帯に記された本文の一行が、ガラスに反射する光の中、浮き上がって見えた。その一行を私は、何度も胸の内で繰り返した。

「犬と少年も、十分な二つの言葉だね」

私は言った。

その本で好きなのは、行方不明になった雌牛を探して森をさ迷う少年が、「森の妖精も魔女も、犬に魔法をかける力はないんだ」と言って、相棒の犬を励ましつつ自らを奮い立たせる場面と、最後の章、少年が電信柱に耳を当て、電線の鳴る音を聴いて自分だけのハープだと思う場面だった。そこを読むたび、〝一人一人の音楽会〟で皆が耳を澄ましている時、同じように子どもたちもまた、自分の楽器を奏でているのだ、と思うことができた。

従姉はうなずきもせず、否定もせず、ひたすら一冊の本に視線を送り続けていた。たった今自分がそれを置いたばかりなのも忘れ、中生代白亜紀の川辺に刻まれた模様を読み解こうとするかのような、はるかな瞳をしていた。

「では、そろそろ恒例の……」

頃合いを見計らい、私は給食室のオーブンで焼いたカップケーキを取り出し、膨らみすぎてひび割れたてっぺんに蠟燭を突き刺した。片手にのるほどの小さなケーキに比べ、蠟燭は明らかに大きすぎて不格好なうえ、ぽろぽろ欠片《かけら》がこぼれ落ちたが気にしなかった。それがあの子のバースデーケーキだった。私たちは火を点し、二人でハッピー・バースデーを歌った。

それはここで最もたくさんうたわれた歌に違いなかった。園児たちが友だちのために歌い、ガラスの箱に入った子どもたちのために親が歌った。誰にでもお祝いすべき誕生日があった。三百六十五日、毎日が誰かの誕生日だった。講堂ではいつも、命日より誕生日の方が大切にされた。

二人合わせても私たちの歌声はか細く、頼りなく、たちまち雨の音に邪魔されて棚の間の暗がりへと吸い込まれていった。バリトンさんとは比べようもなかった。それでも私たちは恥ずかしがったり、いい加減に省略したりせず、正式な歌詞で一曲分を歌いきった。

「さあ」

火を吹き消すよう、私は従姉を促した。彼女の両手の中、カップケーキのてっぺんで蠟燭は元気よく燃えていた。何の飾りもない質素なケーキだったが、炎の揺らめきとともに、柔らかいスポンジと、可愛らしく絞り出された生クリームと、つやつやした苺の匂いが立ち上ってきた。炎の中に、二十二本の蠟燭が並ぶデコレーションケーキが映し出されていた。従姉は両手を宙に差し出したまま、なかなか炎を吹き消そうとしなかった。

7

従姉《いとこ》にお弁当をご馳走になる時以外、食事は毎日一人、居間兼食堂の元お遊戯室で食べる。広々とした元給食室の片隅で、薄切り肉を一、二枚バター焼きにしたり、胡瓜を三分の一ほど刻んだり、カップ一杯のスープを温めたりする。大体のものが園児のサイズに合わせて作られている中、給食室だけは何もかもが大振りにできているので、調節に苦労する。小さなものより、大きなものと調和する方がいろいろと難しい。フライパンは重すぎて片手では持てず、ガスコンロの火は髪を焦がすほどの勢いで燃え上がり、換気扇はゴーゴーと恐ろし気な音を響かせる。一つスイッチを押すたび、レバーを回すたび、誰かに遠慮するようにびくびくしてしまう。保健室のベッドに入る時よりも小さく体を縮め、できるだけ手早く調理するよう努める。

それでも、食の細い子どもたちのために施していたちょっとした工夫を忘れないため、彼らが食べていた通りのメニューを再現する。人参はお花の形の飾り切りにするし、ハンバーグにはチーズとグリンピースでおかっぱ頭の女の子を描く。爪楊枝の国旗が高々と掲げられたチキンライス、赤色の耳を立てるうさぎのリンゴ、切込みが施されたタコのウインナー。どんな小さな食材にも、何かしら細工を施すべき余地がある。

私は園児用の椅子に座り、お祈りをし、「いただきます」と言う。他の部屋の照明は全部消え、お遊戯室の明かりだけがぼんやり園庭に漏れ出している。遊具たちは闇に包まれ、渡り廊下の先の銀杏は葉っぱ一枚揺らすことなく講堂を守っている。お遊戯室の床には昼間の温もりが微かに残り、暑くもなく寒くもなく、とても居心地がいい。食事に手をつける前、見慣れたはずの部屋をもう一度見回す。壁に貼られた、『ありがとう』『ぼくげんき』『だいすき、ママ』のカードを読み返す。相変わらず黄色い通園帽が一つ、フックに掛かったまま忘れられている。

たとえ一人きりでも、できるだけゆったりと食事を楽しみたいと思うのだが、園児用の食器に盛られたほんのわずかな料理を食べるのに、そう大して時間はかからない。油断していると、あっという間に食器は空になっている。食器はどれも片手に納まるほどしかなく、口へ運ぶより前に頬ずりをしたくなるくらいに愛らしい。持ち上げても手ごたえはないも同然で、ふと心細くなり、思わず中身を見つめてしまう。

ぎゅっと曲げた両膝を私はテーブルの下の隙間に押し込める。お遊戯室の入口から窓際まで届く細長いテーブルは、一面、子どもたちがフォークでつけた傷に覆われ、その溝にはまった食べ物の滓が固まってマーブル模様を描いている。そのうえ折り畳み式の脚のネジが弛んでいるらしく、どの位置に座っても心なしか傾いている気がして、バランスを保つのに多少のコツがいる。少しでも体を動かすと、どこかでカタカタ音がする。

私は背中を丸め、肩と唇を一緒にすぼめる。その唇の間に、お花の形をした人参を一つ、グリンピースを二粒、チーズの切れ端を一枚運ぶ。続けてパンに手をのばし、のっぺらぼうになったハンバーグを口に入れ、カップのスープをすすれば、もはや、食器には何も残っていない。

「ごちそうさまでした」

私は空の食器に向かって手を合わせる。こうして私の食事は終わる。

食後の一番の贅沢は、お酒でもデザートでもなく、ビデオテープの鑑賞だった。いくら丁寧に長テーブルを片づけて食器を洗い、水滴一つ残さず給食室を拭き清めても、元保健室の簡易ベッドへ入るまでには十分すぎる時間が残っていた。［未決］と［既決］、どちらの箱も空で、バリトンさんが訪ねて来る様子もない夜は尚さらだった。

ただし、そうしょっちゅうというわけにはいかないのが難だった。それは幼稚園に残るたった一本のビデオテープで、繰り返し再生しているうち、音が間延びして画質が粗くなり、誤魔化しようもなく劣化が進んでいた。少しでもテープを長持ちさせるため、鑑賞の機会を制限する必要があった。

創立記念日、彗星の接近、夏至と冬至、皆既日食と月食、惑星探査機打ち上げ、あるいは帰還、クリスマス、隕石の落下、バリトンさんの誕生日……。今日は特別、とっておきの贅沢を自分に許してもいい、と思える日が年に数日あり、更に三回に一回、二回に一回は我慢し、選びに選んだ夜にだけビデオテープをセットする。私はテレビの真正面に椅子を移動させ、お茶を一杯用意して特別鑑賞会に臨む。

ビデオにはお遊戯会で披露された劇が録画されている。園児たち全員が出演する、会のラストを飾るに相応しい渾身のプログラムだ。タイトルは『おおきなかぶ』。これ以上テープが傷まないよう、私は優しく再生ボタンを押す。

最初のうち画面はぶれて薄暗く、ピントがぼやけているが、やがて落ち着くので焦らなくてもいい。一面に映っているのはビロードの黒い幕だと分かってくる。そこは講堂だ。ガラスの箱はどこにも見当たらない。代わりに保護者たちがびっしりと床を埋め尽くし、幕が上がるのを待っている。高揚したざわめきと、まだ幼稚園に上がれない赤ん坊の弟や妹たちの泣き声が混じり合い、あたりを包んでいる。

「プログラム８番」

舞台の端にスポットライトが当たり、司会役の園長先生が映し出される。とってもおきのツーピースを着て、髪を上品にセットし、少し気取った手つきで「お遊戯会プログラム」と背表紙に記された紙ばさみを持っている。今は清書したバリトンさんの手紙をはさみ、園庭を散歩しながら朗読する時に役立っている、あの紙ばさみだ。

「ひよこ組、かるがも組、くじゃく組によります劇、『おおきなかぶ』です」

客席から沸き起こる拍手とともに、舞台袖にいた先生が二人、しゃがんだまま現れて幕を開ける。

ここが、私にとって最も緊張する瞬間だった。本当に彼らは幕の向こう側にいるだろうか。当たり前じゃないかといくら自分に言い聞かせても、何度ビデオを見返しても、この不安からは逃れられなかった。毎回、誰一人姿のない、大きなかぶがただ一つだけ取り残されてがらんとした舞台が、まぶたに浮かび上がってきた。その像を打ち消すため、私は懸命に瞬きをした。私の気持など知る由もなく、保護者たちは我が子の緊張具合いやカメラのフィルムの残りや、そんな平和な心配に心を奪われている。

でも、安心していい。子どもたちはちゃんとそこにいる。おじいさん役の子は三人、かぶの種を入れた籠とジョロを持って舞台の中央に立っているし、他の子たちは上手と下手に分かれ、束ねた幕の後ろからはみ出して、何やらごそごそしている。いつ合図が来ても大丈夫なよう、皆お利口に待っている。舞台奥には、ベニヤ板にペンキで描かれた農家と納屋と畑が見える。達者とは言えないが、先生たちが手分けして、何日もかけて仕上げた力作だ。今はばらばらになり、いくつかの破片は行方不明になってしまったベニヤ板が、古びたビデオテープの中では、ペンキの色も鮮やかに完全な形を保っている。

私は胸を撫で下ろし、彼らに微笑みかける。やがて先生のオルガンが、短調だけれど心浮き立つ、ロシア風のメロディーを奏ではじめる。鍵盤は一つも欠けずに全部揃い、調子のいい音を講堂中に響かせる。

「おじいさんが　かぶを　うえました」

さすが、物怖じしないしっかりした子の中から選ばれただけあって、ナレーターの三人は緊張した様子も見せず、堂々としている。焦げ茶色のベストを着て、白い綿の髭をつけたおじいさんは、段ボールに緑のセロファンを貼り付けた畑に種をまき、ジョロで水を掛ける。歳を取った人に見えるよう練習を重ねた成果が、仕草の一つ一つに現れている。

「あまい　あまい　かぶになれ。おおきな　おおきな　かぶになれ」

顎がチクチクするのか、真ん中の子はしきりに口元に手をやり、綿を引っ張るので、台詞が遅れがちになる。とうとう耳に掛けたゴムが外れて、髭が半分垂れ下がってしまう。どこからともなく、クスクスと笑いが漏れる。

「あまい　げんきのよい　とてつもなく　おおきい　かぶが　できました」

もたついているおじいさんにはお構いなく、ナレーターはハキハキとお話を進めてゆく。段取りの通り、セロファンの畑にあらかじめ隠れていた先生が、シーツに枕や毛布を詰め込んで作ったかぶを持ち上げると、あまりの大きさに客席からどよめきが起こる。てっぺんには本体の迫力とは不釣り合いに貧相な、フェルト生地でできた葉っぱが縫い付けられている。中の詰め物がごそごそ動いて定まらないそれを、先生はどうにか台の上にセットする。

プログラム８番『おおきなかぶ』について私は隅々まで熟知していた。誰が何の役で、どんな衣装を身に着けていたか、どういう順番で登場し、どこで笑いが起き、どの場面が一番大きな拍手をもらったか。細かい動きと台詞の言い回し、大小さまざまな種類のハプニング、オルガンが奏でたメロディー、ライトの当たり具合、画面に筋が入るタイミング……。にもかかわらず私は毎回、新たな気持を失わなかった。次に起こることを先取りしながら、同時に思いも寄らない発見をしたかのような喜びを味わっていた。園児たちは不思議の塊だった。自分の内に何を隠し持っているか、こちらが問いかけてもおどけるか、とぼけるかするだけで一言も答えず、不思議の意味さえ知らず、ただありのままに振る舞って満足している。その塊は、何度ビデオテープを再生しようと決して解き明かされない謎だ。

「繰り返し観ているうちに、実はほんの少しずつ、どこかが変わっているのかもしれない」

と、いつだったか従姉が言った。飽きないかと聞く人はあっても、そんな言い方をするのは彼女だけだった。

「どんなふうに？」

「おばあさんのスカーフの模様が花柄から水玉になっているとか、いつの間にかネズミが一人増えているとか」

「だったら私、分かると思う」

「いや、あまりにもわずかずつ、沈黙のうちに現れる変化だから、気づかないのよ」

「本当？」

「ええ。何度も何度も何度も時間を巻き戻しているうちに、過去と自分の我慢比べになって、とうとう過去の方が先に力尽きるの」

真剣な口ぶりで従姉は、何度も、という言葉を繰り返した。

「あきらめちゃ駄目」

どう返答したらいいのか、分からなかった。

「辛抱するのよ」

分からないまま黙っている私に向かって、彼女はぽつりと、そう言い足した。

しかしいくら誘っても、彼女が鑑賞会に参加することはなかった。

私はお茶を一口すすった。気休めでも画面が鮮明になればいいと思い、テレビの側面を叩き、コンセントをいじった。その中で子どもたちがおじいさんや犬やネズミになりきり、大きなかぶを抜こうとしているテレビは、ちょうどガラスの箱と同じくらいの大きさをしていた。

「いぬが　まごを　ひっぱって、まごが　おばあさんを　ひっぱって、おばあさんが　おじいさんを　ひっぱって、おじいさんが　かぶを　ひっぱって——うんとこしょ　どっこいしょまだ　まだ　まだ　まだ　ぬけません」

彼らはかぶを引っ張り続ける。次々登場人物たちが増えてゆき、舞台はぎゅうぎゅう詰めになってくる。窮屈で息苦しいのか、大勢の観客に圧倒されたのか、猫の女の子が声を出さずに泣きはじめる。隣に立つネズミの男の子が、心配そうな顔で下から覗き込むが、涙は止まらない。それでも猫は犬の尻尾を握り、泣きながらかぶを抜こうとする。

勢いあまって尻もちをつく子、ママを見つけて手を振る子、頭に巻いたスカーフがずれて前が見えなくなる子、ベニヤ板の裏側を偵察する子、硬直したまま何もできない子。あらゆる子どもがそこにいる。皆がお互いのどこかを握り合って数珠《じゅず》つなぎになっている。オルガンの音が、変わらずずっと彼らに寄り添っている。

途中、犬が出てきたところで、何かの拍子にフェルトの葉っぱがぽろりと取れ、和やかな笑いが起こる。慌てて先生が拾い上げ、かぶのてっぺん、シーツの絞り口にそれを押し込める。緑の葉っぱはぐったりしている。子どもたちはなぜお客さんたちが笑っているのか気づきもせず、ただひたすら忠実に、「うんとこしょ　どっこいしょ」を繰り返す。

不意に画面がぶれる。一面、靄のようなものに覆われ、子どもたちの姿がぼやけてオルガンの音が途切れる。私はもう一度テレビを叩き、コンセントに手をのばしてきつく押し込める。

「うんとこしょ　どっこいしょ」

雑音に紛れそうになりながらも、子どもたちの掛け声はどうにかつながり合っている。白く濁った画面へ引きずり込まれないための呪文のように、ひたすらその言葉を発し続ける。

「うんとこしょ　どっこいしょ」

大きなかぶは相変わらず平然としている。おじいさん、おばあさん、孫、犬、猫、ネズミ。あふれかえる舞台の上で、それでも子どもたちは順番を守っている。前の子を押しのけたり、後ろの子にちょっかいを出したりする子はいない。大きい人から小さい生きものへ、力の強い人から弱い生きものへ、という順序が大事なのだと、誰に教わったわけでもないのにちゃんと知っている。

少しずつ靄が濃くなってくる。子どもたちは不透明な靄にすうっと吸い込まれたかと思うと浮かび上がり、安堵している間に再び沈み込んで遠のいてゆく。次に現れ出た時には明らかに、輪郭がはかなくなっている。

私は中腰になり、おばあさんのスカーフの模様を確かめる。靄の底から浮上する、生き返った新たな子どもはいないかと、懸命に目を凝らす。

「うんとこしょ　どっこいしょ

やっと、かぶは　ぬけました」

いつの間にかオルガンは本来のメロディーを取り戻していた。かぶは台から転げ落ち、柔らかすぎる中身のせいでいびつな形に歪んでいた。

「やっと、かぶは　ぬけました」

とうとう子どもたちはやり遂げた。保護者も先生も一緒になって拍手をした。その拍手に合わせて子どもたちは喜びのダンスを踊った。おじいさんとナレーターは肩を組んでスキップをし、孫と猫は輪になってくるくる回転し、おばあさんはスカーフを脱いでそれをひらひらさせた。かぶに抱きついて顔を埋めるネズミもいれば、それを真似する犬もいた。再び葉っぱが取れたけれどもはや気に留める人はいなかった。あるものはお下げ髪を揺らし、ベニヤ板を叩き、寝転がり、またあるものは自ら編み出したステップを踏んだ。

「おしまい」

誰がどこから合図を送ったのだろう。最後の一言は見事に揃い、美しいハーモニーを奏でていた。拍手はいっそう大きくなった。閉じられてゆく幕の向こうで子どもたちが手を振っていた。

「バイバイ」

私も彼らに向かって手を振った。

「バイバイ」

靄に飲まれ、奥深く引きずり込まれ、どこか遠くへ連れ去られようとしている子どもたちの目印になるよう、掌《てのひら》を一杯に開き、手を高く掲げて彼らに負けない大きな声を出した。テープが止まって画面が靄に覆い尽くされたあともなお、手を振り続けた。

「よくお似合いですよ」

と、私は言った。バリトンさんは恥ずかしがってうつむき、私から目をそらした。

「肩幅も丈もぴったりです」

町はもう上着のいらない陽気になっていたが、バリトンさんは毛糸のセーターを着ていた。恋人からプレゼントされた、指紋を編み込んだセーターだった。

私たちは〝一人一人の音楽会〟が開かれる丘を一緒に散歩していた。日差しがまぶしいくらいに天気のよい昼下がりで、林の中では小鳥たちがさえずっていた。

「さぞかし長い時間がかかるのでしょうね。こんな複雑な模様を編み上げるには……」

その模様に触れてみたいような、軽々しく触るべきではないような気持で、私はバリトンさんの胸元のあたりを見やった。

一見するとありふれた丸首の黒いセーターにすぎなかった。しかし焦点が合ってくるにつれ、黒色の中からより濃い黒、薄めの黒、とさまざまな濃淡が現れ、それらが描き出す何重もの曲線が浮かび上がってきた。彼女が書き送ってくる手紙と同じだった。

「お揃いなんですね」

バリトンさんはうなずいた。

「ちょうど今頃彼女も同じセーターを着て、病院のお庭を散歩しているというわけですね」

セーターに添えられた手紙には、それを着るべき日時が記されていた。たとえ離れ離れでも、二人同じ日時に同じ時間、お揃いのセーターを着ていれば、一緒にいるのと何ら変わりはありません、と彼女は書いていた。解読したのは私なのだから、間違えようもなかった。

前身ごろには右手の指五本、後身ごろには左手五本の指紋が編み込まれていた。規則正しい渦巻、中心のあいまいな楕円、どこへともなく流れてゆく波形。さまざまな曲線がお互いを邪魔することなく、それでも絶妙につながり合い、一続きとなってセーターのすべてを覆っていた。袖や襟ぐりはもちろん、ゴム編みの袖口から脇の合わせ目に至るまで、指紋が及んでいない編み目は一つとしてなかった。

平日の午後、丘に登ってくる人の姿は少なかった。時間を持て余した老人が数人、林の陰になったベンチに腰掛け、何かを読んでいるか、ただぼんやりしているだけだった。彼らの邪魔にならないよう、私たちは丘の縁に沿って歩いた。日差しが明るすぎるせいで町は霞み、川の流れもきらめきに紛れていた。斜面の下草は生き生きとし、地面は柔らかく、風と一緒に緑の匂いが運ばれてきた。時折、梢を揺らして小鳥たちがどこへともなく飛び立っていった。

「手紙を書くのと、セーターを編むのは、似ています」

いくら遠くを見渡そうとしても、視界の隅に映るセーターの模様はどこまでも追い掛けてきて消えることがなかった。

「一字ずつ、一目ずつです」

丘に登った時、バリトンさんは決して歌わなかった。たとえ〝一人一人の音楽会〟が開かれていない時でも、そこにはかつて耳たぶで奏でられたあらゆる音が潜んでいて、それを打ち消すような真似はすべきではないと思っているからだった。

「だからきっと、〝安寧のための筆記室〟では、編み物も許可されているはずです。手紙と編み物。双生児みたいなものです。ペンを走らせている人の隣で編み棒を動かしたって、何の邪魔にもなりません」

私が口をつぐむと、下草を踏むバリトンさんの靴音が耳に届いてきた。もしかしたら耳たぶで鳴る竪琴の音はこんなふうだろうか、と思わせる靴音だった。

「特に、あの方の場合は許されるでしょう。小さすぎる文字で手紙を書き、セーターに指紋を編み込むあの方なら、特別に」

ひときわ澄んださえずりが空を突き抜けていった。ベンチの老人が一人、二人、鳥の姿を探すように宙を見上げたが、すぐにまたうつむいた。太陽の光はますます明るさを増し、丘の斜面を照らしていた。それでもセーターは、さえずりにも光にも惑わされることなく、独自の静けさを保っていた。

私たちは斜面を下り、林の中をしばらく散策し、それからまた丘の頂上まで戻った。彼女が指定した散歩すべき時間はまだたっぷり残っていた。もしよかったら座りましょう、というふうにバリトンさんが空いたベンチを差した。斜めに張り出したオリーブの枝が、背もたれもひじ掛けもない、ただのコンクリートの板でしかない座面に、ちょうどいい影を落としていた。

「病院のお庭はここよりは狭いのでしょうね。いらしたことはありますか?」

バリトンさんが無言のままなのは承知の上で、私はお喋りを続けた。

「でもきっと、一年中いつでもお花が咲いている花壇とか、涸れない自然の泉とか、野鳥の巣箱とかがある、居心地のいいところに違いありません。何と言っても、病気の人を慰めるためのお庭なんですもの」

私は指紋セーターを着て散歩する彼女の姿を想像した。彼女の顔をよく知らないからか、浮かんでくるのは後ろ姿ばかりだった。猫背で、なで肩で、セーターの上から背骨がつかめるくらいに痩せていた。緻密な指紋を毛糸一本で再現し、文字の地層で便箋を暗闇にできる人なのだから、猫背なのは当然だという気がした。

「離れ離れの恋人同士にとって、とてもいいアイデアです。約束した同じ時間に月を見上げる、というカップルもいますけれど、あれはちょっと安易ですね。お月様よりはずっと独創的で、手が込んでいます」

彼女は一人で歩いている。指紋の色合いを邪魔しない地味なスラックスと擦り切れたズック靴を履いている。花壇を一巡りし、巣箱を覗き、泉の水をすくって口に含む。濡れた手をセーターの裾で拭う。彼女のセーターにはバリトンさんの指紋が、バリトンさんのセーターには彼女の指紋が編み込まれている。

自分の指紋を編む時は、しばしば途中で編み棒を置き、指先を見つめて曲線の具合を確かめ、それを記号に置き換えながら再び編み進めてゆく。小指が終わったら次は薬指、中指、というふうに一本ずつ、順番に。しかしバリトンさんの指紋は全部頭に入っているので、いちいち中断する必要がない。自在に必要な指を蘇らせ、同時に編み棒を動かすことができる。指の模様がそのまま毛糸に乗り移ってゆく。自分の指が彼の指を生み出しているかのような気分に浸る。指紋だけではない。彼女はバリトンさんの指に関わるすべてを知っている。どこに黒子《ほくろ》があるか、ペンだこの硬さはどれくらいか、爪を切る時どんな音がするか、十本の指が自分のためにどんなふうに動いたか。何もかも全部を。

だから彼女はまず自分が着るセーターから編みはじめ、それが完成したのち、より手間のかかるバリトンさんのセーターに取り掛かる。手間がかかる分だけより深い愛を表現できる気がして、むしろ編み上げてしまうことに恐れさえ感じている。一段編むごと身ごろを光にかざし、目を引っ張り、自分の指とそれがぴったり重なり合うか、模様が解《ほど》けないか、確かめないではいられない。

初めて袖を通す時、彼女は身震いする。既に毛糸はただの糸ではなく、指紋を描く線になっている。どこがはじまりでどこが終わりか判然としないまま、途切れずにどこまでも渦を巻き、彼女を閉じ込める。少しでも体のどこかを動かすたび、指紋もうごめく。一つ一つの編み目が、聞こえるか聞こえないかほどのささやき声を漏らす。十本の指が体を撫で回す。首元、鎖骨、乳首、肩甲骨、脇の下、肘、下腹……あらゆる部分をバリトンさんの指先が這う。

「よいお天気です」

それより他に言うべき言葉が思いつかなかった。

私はもう一度繰り返した。バリトンさんは口をつぐんだまま、どこか遠くを見ていた。横顔に差す木漏れ日が揺らめいていた。

「とっても、よいお天気です」

音楽会の時には、観客と暗闇が一緒になってあたりをぐるりと取り囲んでいるからだろうか、昼間の丘は広々として見えた。斜面の向こうがそのまま空につながっていた。町は遠かった。幼稚園と郷土史資料館と産院跡を探そうとしても、まぶしい空に邪魔されてできなかった。虫歯屋さんのアトリエは丘の裾野に沿って川が蛇行しているせいで、最初から見えなかった。微かに役場の時報が鳴っている気がしたが、メロディーを丘まで届けるには風が弱すぎた。

「次の、〝一人一人の音楽会〟はいつでしょう」

そんなことは誰にも分からないともちろん承知していながら、気づくと言葉が口をついて出ていた。バリトンさんと一緒の時はしばしば起こることだった。心に思うことと黙っていることと口に出すことの境があやふやになり、どれもそう違いはないという気持になるのだった。

「もう少し、強い風が吹く季節になるまで待たなければいけませんね」

たとえ返事はなくても、バリトンさんが私の声に耳を傾けているのは伝わってきた。

「そうでなければ耳たぶの楽器は鳴りません」

バリトンさんの恋人が耳にぶら下げていた楽器について、手紙を解読しながら時々考えた。彼女が亡くしたのは、バリトンさんと知り合う前の恋人との間に生まれた子どもだ、と皆は噂していた。楽器については、竪琴だけれど本体は木片ではなく、あばら骨を使い、やはり虫歯屋さんがこしらえたらしいと、実物を目にしたかのような口ぶりで誰かが喋っているのを、一度だけ耳にした。しかしだからと言って、私にはどうしようもなかった。バリトンさんは何も教えてくれなかった。

「男の子でした」

何かの折り、ただ一言、そう歌っただけだった。

あばら骨で作られた竪琴はどんな音色を持っているのか。私にできるのはそれを思い浮かべてみることだけだった。男の子のあばら骨は曇りのない白色で、すべすべとし、思わず握ってみたくなる優しいカーブを描いている。歯科医院のドリルでもたやすく削れない強固さと、掌に伝わってくるはっとするほどのはかなさ、その両方を持っている。

元々同じ一人の子の一部分同士だったのだから、必ずや遺髪とは申し分のない組み合わせになるはずだ。はじめからそういう形の楽器が体のどこかに潜んでいて、男の子が生きている間、ずっと鳴り続けていた、それがこうして体の外に取り出されたのだと、錯覚する人さえいるかもしれない。

鳴る音は普通の竪琴よりも更に小さい。体の奥で粘膜やリンパ液や繊毛を震わせていた頃の名残か、怯えた吐息ほどの感触しか残さない。たぶん丘の風に、いつまで経っても慣れることができないのだろう。木片でできた竪琴でさえ、〝一人一人の音楽会〟では最も微かな音色の楽器とされているのに、あばら骨のそれとなれば、耳たぶは一体どれほど緊張するのか。けれどバリトンさんの恋人ならば大丈夫だ。あの手紙を書き送り、セーターに指紋を編み込める人ならば、あばら骨の竪琴を耳たぶにぶら下げる資格がある。

彼女は丘の外れに一人立っている。風の通り道から外れても、他の演奏者が滅多に近寄って来ない片隅の窪みを選ぶ。耳たぶは指先と同じくほっそりとして、青白い。長い髪の中に見え隠れする竪琴は、恥ずかしがってママの背中に隠れる幼子のようでもあり、ほとんど彼女の頭蓋骨の一部のようでもある。あまりに細すぎる弦は、風など吹かなくても、耳たぶから伝わる体温に応えて震える。皆が風を待っている間、彼女の耳元でだけ、竪琴は鳴っている。

彼女は耳を澄ます。最初にこの言葉、耳を澄ます、を編み出した人は見事だと思う。ほんの一滴、あるかないかの雫が描く波紋を映し出すため、余分なものはすべて排し、どこまでも鼓膜を透明にする。まさに彼女はそのようにして竪琴の音色を聴く。あばら骨と髪の毛だけを残して遠くへ行ってしまった男の子が、かつて体の奥深くで鳴らしていた、息遣いよりもひっそりとした声を聴く。窪みに積もった落ち葉を両足で踏みしめ、目を閉じ、深くうなだれている。林の縁からバリトンさんが、彼女を見守っている。

「そろそろですね」

私は言った。腕時計に目をやり、バリトンさんはうなずいた。私たちは一緒にベンチから立ち上がった。いつの間にか小鳥のさえずりが消え、オリーブの影が足元にまでのびて、空の色も移り変わろうとしていた。ただ老人たちだけは変わらず、さっきまでと同じ姿勢でそこかしこに座っていた。バリトンさんは私の背中を支え、もう片方の手で遊歩道の入口を指し示した。そんなささいな仕草も見逃さず、恋人の指紋はバリトンさんを撫で回した。

「さあ、帰りましょう」

彼女が手紙で指定した時刻になったのをもう一度確かめてから、私たちは丘を後にした。

8

ある日、恐れていたことが起こった。手紙の文字がいよいよ小さくなりすぎて、消えてしまったのだ。

いつかはこういう日が来るだろうと覚悟はしていたが、いざ実際の手紙を目にしてみると、どうしていいのか分からず、ただ［未決］の箱をカタカタ鳴らすばかりだった。めいっぱい膨らんで、何枚もの不揃いな切手が貼られた封筒には、別に変わったところはなかった。ところが中身を取り出し、折り目を広げてすぐ、手紙が以前より軽くなっているのに気づいた。私ははっとして、一枚めを光にかざした。そこを満たしているのは、暗黒の空白だった。既に文字の姿はどこにも見当たらなかった。

バリトンさんは変だと思わなかったのだろうか。もうずっと以前から文字と暗闇の区別がつかず、便箋はどれも真っ黒な紙でしかなくなっていたのだから、気づかなくて当然なのかもしれない。昨日の夕方、手紙を持ってやって来た時には、すべてが普段通りだった。足ふきマットで丹念に靴底を拭い、お手数をおかけして申し訳ない、という態度で封筒を差し出し、元お遊戯室の小さな椅子に腰掛けて一緒にお茶を飲んだ。ちょうどカップケーキを切らしていたので、エクレアの匂いの蠟燭をつけておやつ代わりにした。〝一人一人の音楽会〟で見かけた目新しい楽器について、ガラスのケースが隠れていそうな元郷土史資料館の地下スペースについて、産院跡の蘇鉄に育った無数の実について、数曲、歌ってくれた。封筒は手元にあっても、手紙は届いていないも同然だというのに、歌声に動揺は感じられなかった。それどころか、ひときわ美しいバリトンだった。歌声に合わせ、チョコレートとカスタードクリームの匂いが交互に立ち上り、それらが混じり合ってエクレアの匂いになった。

文字が消失したのではなく、解読能力が追い付かなくなった可能性も、もちろんあった。私はその疑問に素直に従い、一枚一枚、丁寧すぎるほど繰り返し点検し直した。しかし結果は同じだった。文字が幾重にも連なり絡まり合って編み出す黒色と、すべてが消えうせたあとの黒色は全く種類が違っていた。有と無、正反対だった。何通もの手紙を解読してきた私の目が、見間違うはずもなかった。少しずつ縮小していった文字は、ある地点まで到達した時、境界線を踏み越え、赤ん坊の涙よりもはかない一滴となって、自らが生み出した暗闇の底へと吸い込まれていったのだ。

文字がバラバラに分解してしまう心配がなくなった便箋の表面を、私は遠慮なく撫で回した。

案の定、紙の気配がするだけで文字の感触はなかった。ただ油断していると、文字が吸い込まれたのと同じ場所に、指先も沈んでゆくような気がした。暗闇は思っていたより温かかった。

私は手紙を封筒に仕舞い、少し迷ったあと、［未決］の箱に戻した。そして清書用の紙を園長先生の机に広げ、バリトンさんへの愛の手紙を書いた。

解読した文字を書き写すのと、まっさらな紙に自分で考えた言葉を書くのと、随分勝手が違うようでも、やってみればさほどの戸惑いはなかった。写すべきものが、便箋の中にあるか自分の頭の中にあるかの違いだけだった。だからためらうことはないのだと、一瞬でも後ろめたい気持がよぎるたび、自分に言い聞かせた。

私はいくらでもすらすらと書けた。ただし一つだけ注意すべきなのは、あまりにも早く〝清書〟が完成して、バリトンさんに疑いを抱かせることだった。恋人が小さな文字への執念によって愛を表現したように、私も解読の困難に見合う労力を払う必要があった。バリトンさんへの手紙を書くのにかかる時間は、愛の深さに比例していた。

私はペンを口にくわえて手紙を書くことにした。別に左手でも足の指でも構わなかったが、口にくわえるのが最も苦痛が大きかったのだ。ほんの数文字書くだけですぐ首の筋が凝り、節々が痛み、唾液が口にあふれて喉が苦しくなった。バリトンさんへ捧げる愛に相応しい苦行だ、という気がした。更にその体勢でいると自然に背中が丸まり、体が縮んでより元幼稚園に馴染んでゆくように感じられるのも好ましかった。一字書きつけるごと、体中の関節が軋みながら少しずつすぼんでいった。

郷土史資料館の地下にある二人だけの秘密の部屋、〝安寧のための筆記室〟を包むインクのにおい、病院の中庭の泉に集まってくる鳥の種類、指紋をなぞる編み棒の動き、あばら骨の竪琴の音色……。言葉は途切れなかった。かつて解読した恋人の手紙は一字残らず全部頭に入っているのだから、それらを分解し、組合せを入れ替え、新たな方向へ進んでゆくのは苦もない作業だった。不自由な口で一字を完成させる間に、待ちきれない言葉たちが唾液と一緒にあふれ出てきた。そのうちそれが恋人の言葉か自分の言葉か分からなくなった。別にどちらでも同じだった。

「では、参りましょうか」

そう言って私は紙ばさみを手に取った。バリトンさんはうなずいて靴の紐を結び直した。私たちは並んで園庭へ出ると、どちらからともなく滑り台の方へ向かって歩きだした。

「雨が降るたびに草が茂ります」

クリーニング店の奥さんが雑草を踏んでできた自然の小道には、まだぬかるみが残っていた。

そこは奥さんが必ず、最初の遊具、滑り台を目指して小走りに通り抜けてゆくところだった。

「ずいぶん、日が長くなりました」

夕方でも西日は明るく、朗読に十分な光が降り注いでいた。その代わり、月と星の姿は見えなかった。とうに季節外れになってもなお、バリトンさんは指紋セーターを着ていた。それが恋人との間の約束なのか、バリトンさん一人の考えなのか分からなかったが、とにかくどんなに暑かろうと朗読を聴く時は必ずこれを着ると、決まっているようだった。耳からは愛の言葉で、皮膚からは指紋で、全身が恋人によって覆い尽くされる、ということらしかった。

バリトンさんは手紙が恋人から届いたものだと素直に信じていた。それを書いたのが私だということにも、口で書かれたということにも、疑問を抱いてはいなかった。バリトンさんは何も知らなかった。

「そろそろはじめても、よろしいでしょうか？」

滑り台の梯子の下で立ち止まり、私は紙ばさみを開いた。

「どうぞ、お願いいたします」

バリトンさんの声は、茂みの隅々に行き渡り、葉裏に残る雨粒を震わせた。その名残を味わい、歌声が本当に消えたのを確かめてから、私は最初の一行をスタートさせた。

朗読がはじまると私たちにはもう、余計な口をきく暇はなかった。二人の間を埋めるのはただ、あふれ出る手紙の言葉だけだった。二人並んで歩きながら、私は紙ばさみの中に視線を集中させ、バリトンさんは耳を澄ませることに専念した。朗読に適切な声量はどれくらいか、どのタイミングで紙をめくったらいいか、方向転換の合図をどうやって出し合うか、すべては了解の内だった。私たちはこの二人きりの時間に十分慣れていた。

どんなに生々しい愛にまみれた文章でも、私は感情を押し殺し、淡々と朗読する方針を貫いた。職員会議でバザーの会計報告書を読み上げるのと変わらなかった。淫靡な妄想はクッキーの売り上げ、燃え上がる欲望は手作りお稽古バッグの材料費、口外できない秘事は来年度の繰越金、という具合だった。私の口調に合わせるように、バリトンさんもまた平静だった。顔色も変えなければ、歩調も乱さなかった。

私たちは滑り台の周囲を三周した。自然とクリーニング店の奥さんの足跡をなぞることになり、彼女がいかにいつも同じ地面を踏み締めて、規則正しく滑り台を上り下りしているかが靴底から伝わってきた。滑り下りてすぐに両足で踏ん張る地点には、勢いがついているからか、晴れ晴れとした気分を象徴しているからか、くっきりとした足形の窪みができ、蒸発しきれなかった雨がたまっていた。そこだけは踏まないように気をつけた。靴が濡れるのが嫌なのではなく、朗読が滑り台を滑る奥さんの邪魔になっては申し訳ないからだった。

朗読は長い散歩と同じ意味を持っていた。さほど広くはないはずの園が、朗読とともに歩く時にはずっと奥深く感じられた。私たちは滑り台を離れ、駐輪場を通り抜けてプールへ移動し、再びいくつかの遊具を巡ったあと講堂を周回した。いつでも講堂は特別だった。折れて絡まり合い、垂れ下がった銀杏の枝をかき分けながら、バリトンさんの肩が壁に触れそうなほどの際を歩いた。その四角い大きな箱を朗読と二人の足音で何重にも包んだ。そうすれば中の小さな箱たちを守れる気がした。

どんなに懸命にやったつもりでも、口で書いた文字は、あちこちが歪んでいたり、直線が震えていたり、点の位置のバランスが悪かったりして、やはりどこかたどたどしかった。一字一字が何かに怯えているようだった。ある文字は自分のいびつさに耐えきれず、恥じ入って深くうなだれ、またある文字はばらばらに崩れてしまいそうな予感に苛まれていた。ついには気を失い、隣にもたれかかっているものさえあった。

しかし朗読しつつ改めて眺めているうち、だからこそバリトンさんへの手紙に相応しいという気がしてきた。バリトンさんを愛するあまり、自らを見失ってしまった危うさが、にじみ出ているとも言えた。バリトンさんの歌声に愛撫されるのを、文字たち皆が息を殺して待っているのだった。

『唇は、指ほどには器用に動いてくれないんです』

朗読を続けながら、私は心の中でバリトンさんに話し掛けた。

『ペンは苦い味がします』

いくら唾を飲み込んでも消えないその味を感じながら、私は横目でバリトンさんをうかがった。

『油断するとすぐ、ペンの軸が喉の奥に触れて嘔吐しそうになります』

生温かくつるつるした軸の感触も一緒に蘇ってきた。

『口にくわえたペンで手紙を書いている時、どんな格好になっているのか、自分でも上手く把握できません』

バリトンさんの足音がすぐ耳元で聞こえた。靴底に濡れた枯葉がはりつき、ズボンの裾が泥で汚れていた。

『とても苦しいんです。たぶん、あなたが考えるよりもずっと。小さな字で暗黒を描くのと同じくらいに』

私は次のページを開き、紙ばさみをつかみ直した。朗読すべき手紙はまだ何枚も残っていた。

『唇をすぼめ、頬をくねらせ、机に這いつくばっている姿を見た人はきっと、罰を受けていると思うでしょう。本当はその正反対なのに。私がどれほどの恍惚に浸っているか、誰にも分からないのです。でも……』

どこかで鳥の羽ばたきが聞こえ、すぐに静まった。風は止んだと思っても、銀杏の梢は小刻みに揺れ動いていた。バリトンさんがじっとしている時でさえセーターの指紋が絶えずうごめいているのと同じだった。講堂の壁に二人の影が映っていた。影のセーターに指紋は編み込まれていなかった。

『職員室のガラス戸に映る自分の姿を見て、はっとする時があります。キャラメルのおまけの箱に入れられた、カマキリを思い出すからです』

講堂を何周したか、もう数えられなくなっていた。私は次のページをめくった。

『手紙を書くのに最も相応しい形へ、体が奇形してゆくのを待つのは、何てうっとりする苦行でしょうか。おまけの箱のカマキリ以外、他にたとえようもありません』

「……では、さようなら。どうぞお元気でお過ごし下さいませ。ご返事をお待ち申し上げております。かしこ」

手紙を朗読し終えた時、私たちは鉄棒の前に立っていた。月末の日曜日、クリーニング店の奥さんが遊具巡りの最後にたどり着き、見事な回転を見せてくれる鉄棒だ。昔は三台並んでいたうちの、両脇の二台は根元が腐食して倒れ、棒も支柱も土と雑草の中に埋もれてしまったのに、なぜか真ん中だけが、奥さんのため、あらかじめ約束されていたかのように完全な形を保っていた。

「日が暮れてきました」

長い朗読の果てに私の声はかすれてしまっていた。うなずく代わりにバリトンさんは、西の空を見上げて瞬きをした。その瞬きに合わせるように、脇から背中へ向かって指紋がうごめいた。セーターを着て歩き回ったにもかかわらず、横顔にはにじんだ汗のあとさえ残っていなかった。

「子どもたちは皆、家へ帰る時間です」

西の空には、いかにもバリトンさんの歌声に似合いそうな夕焼けが広がっていた。私は横顔を見上げ、それが聞こえてくるのを待ったが、唇は閉じられたままだった。

「河原には、役場の時報が鳴り渡っている頃でしょう」

人々を懐かしい気持にさせながら、誰にも題名を思い出してもらえず、それでもバリトンさんがことさら大切な何かを伝える時には必ず用いられる、あのメロディーだった。崩れてゆく元産院の姿が自然と思い出された。かすれがちで、ところどころ間延びする時報が、操車場に取り残された一両きりの貨車と、いよいよ勢いをます蘇鉄と、誰もいない土手の上を風に乗って舞っていた。ねぐらへ戻る鳥の群れが、夕焼けに染まる雲を横切ってゆくのと一緒に、題名のない時報も空に消えていった。

「迷子にならず、皆無事に帰れるといいですけれど」

鉄棒は私たちの前に静かな横線を描いていた。近くで見ると余計に小さく感じられた。小ささというものには十分慣れているはずの私でさえ、思わず、こんなに……とつぶやいてしまいそうになった。横幅は子ども一人が納まるかどうかといった程度で、地面との間は、腰をかがめても棒に触れずにくぐり抜けるのは難しいほどの空洞しかなかった。誰かが地面に気まぐれに残した、ささやかな印のようだった。

相変わらず園庭は静かだった。時報が止むのと入れ違いに朗読が蘇り、自分の声がさざ波になって鼓膜に打ち寄せてきた。その波に合わせるように、鉄棒をつかんで回転する奥さんの姿がまぶたに映った。相変わらずシャツは完璧で、白色と鉄棒の錆が見事に調和し、紺色のスラックスの裾が描く弧をいっそう際立たせていた。職員室から眺めるよりずっと迫力があった。爪先が空気を切る音も、鉄棒がしなる音も、今にも支柱が折れるのではと心配になるくらい、生き生きとすぐ耳元で聞こえた。

しかし私の目を引き寄せるのはやはり、おしゃぶりだった。それは決して離れてはならない、という意思を持って奥さんの首につながっていた。革紐はピンと張ったまま、一瞬も弛むことはなかった。回転がどんなにスピードを上げても、おしゃぶりは奥さんが描くのと同心の円をなぞり続けた。

「では、そろそろ」

かすれた私の声はほとんど息だけになっていた。バリトンさんはようやく視線をこちらに向けた。

「はい、どうぞ」

私は紙ばさみを差し出した。未熟な文字で綴られた、唾液の染みが残る手紙を、バリトンさんは受け取った。奥さんがおしゃぶりを胸に抱き寄せ、赤ん坊の気配を求めるように、バリトンさんにも便箋に残る唾液の匂いをかいでほしいと、私は願った。


夏至の翌日、プール開きをする。それはもう長い間の習慣になっているので、数日前から抜かりなく準備をはじめる。中にたまった落ち葉やゴミをかき出し、デッキブラシで隅々を磨き、弛んだシャワーの栓を調整する。排水口のフィルターを掃除し、プールサイドの雑草を抜き、水着を日光消毒する。私はすべてを手際よくこなせる。とても小さなプールなので、あっという間に準備は整う。何も難しいことはない。

プールは簡素な箱形をしている。講堂に並ぶガラスの箱とちょうど同じような形で、四辺の縁は黄色、側面と底は水色に塗られ、イルカとラッコと海星《ひとで》の絵が描かれている。ペンキは大方剝げかけているが、かろうじて海の生きものたちの可愛い形だけは見分けられる。

当日は朝からホースで水を入れはじめる。専用の水道栓が壊れているので、仕方なく手洗い場の蛇口にホースを差し込み、どうにかプールまで引っ張ってくる。小さいと言って安心していると、この段階で裏切られることになる。水はなかなか一杯にならない。もうそろそろいい頃だ、と思って様子を見に行っても、水面は予想よりずっと下の方にあり、すごすごと引き返すはめになる。両腕にすっぽり納まるほどしかないように見えるこの箱のどこに、水がたまっているのだろうと、毎年同じ不思議をかみしめる。

プールに水を入れる音が、私は好きだ。それは園のどこにいても聞こえる。講堂でガラスの箱の拭き掃除をしている時でさえ、ふと手を休めると必ず、静けさの向こうから微かな水の気配が伝わってくる。ガラスの箱を求めて渡り廊下を歩いてくる人の足音に似ている気がして、思わずそちらの方に顔を向け、じっと耳を澄ましてしまう。

あるいは、園庭の片隅に潜んでいたバリトンさんの声の名残かな、とも思う。歌声の欠片《かけら》が日の光を受けて水滴のようにキラキラと光っているのだ。

ようやく十分に水がたまったら、いよいよ水着に着替える。誰かがお道具箱や昼寝用のパジャマや上履き袋と一緒に戸棚に忘れていった、いかにも女の子が好きそうな、リボンとフリルのついた赤い水着だ。園にはもう、水着はそれ一着きりしか残っていない。

最初のうち、それは明らかに小さすぎ、破れないように注意して肩紐と腰のあたりを引っぱりながら、どうにか胴体を押し込めるといったありさまだったが、今ではかなり馴染んできている。脚は二つの穴の中にすっと入るし、肩紐が鎖骨に食い込んで痛むことも、お尻のフリルが不格好に引きつれることもない。ただ両脇から、乳首がはみ出してしまうだけだ。

たまったばかりの、まだ他の誰も入っていない水は透明で気持がいい。私は左の爪先から慎重に体を浸す。ピチャッ、と小さな音がして、光のきらめく水面に輪が広がる。色褪せ、すり切れ、ごわごわしていた水着が、濡れた途端に元の赤色を取り戻す。フリルは皺がのびて可憐に広がり、外れかけた胸元のリボンは優しく揺らめく。想像以上の冷たさに私は身震いするが、髪が全部濡れるまで、一思いに頭を沈める。水中にイルカとラッコと海星が浮かび上がって見えてくる。剝げて本来の形の三分の一ほどしか残っていないはずの彼らが、水の中ではなぜか、ちゃんとした姿を取り戻している。

空は高く、太陽はまぶしく、時折、乾いた風が吹き抜ける。茂みのそこかしこから蟬の鳴き声が聞こえてくる。今日がプール開きにうってつけの晴れでよかった、と私は思う。こういう日の昼間に講堂へやって来る人はあまりいないのだと、経験上分かっている。正門も渡り廊下もしんとして、人影が現れる様子はない。ガラスの箱たちは皆、講堂の暗がりの中で目を伏せている。

私は胸深く息を吸い込み、顔をつけて勢いよく壁を押す。両腕を掻いて平泳ぎをする。私は平泳ぎしかできない。この水しぶきを散らさない、他の泳法に比べて明らかに内気な泳ぎ方が、自分には合っているという気がする。水の深さが膝の上くらいしかないので、お尻が浮かないよう、足先が底を蹴らないよう、独特なやり方で体のあちこちを調整しなければならない。腕も油断するとすぐ肘が壁につっかえる。しかしその調整が上手く納まるか納まらないかのところ、一掻きし、二掻きめの最後が完全な形を取りきらないところで、早くも向こう側に到着してしまう。私は一旦足を着いて顔の水滴を拭い、方向を転換し、再び水面に浮かんで最初からすべての調整をやり直す。

水の中で人は泳げると、子どもたちは知っていたのだろうか。平泳ぎであれクロールであれ、彼らは誰一人泳ごうとはしなかった。浮き輪でぷかぷか漂ったり、玩具の船を航行させたり、ただ水面をバシャバシャさせるだけで満足し、にぎやかにはしゃいでいた。たまに一人か二人、顔を水につける子が現れても、いかにも恐る恐るといった様子で、ほんのわずかまぶたが濡れただけで身震いし、園長先生の方をうかがいながら、まるで禁を犯したかのような表情を浮かべるのだった。

水に濡れた子どもたちは普段よりいっそう華奢《きゃしゃ》に見えた。毛細血管が透けた頬、水着のたるみ、両耳の縁、あばら骨の隙間、膝の裏の窪み、あらゆるところから水滴がしたたり落ちていた。髪が張りついた頭の先から、プールの底を舞う爪先まで、全身つるつるとして引っ掛かるものは何もなかった。彼ら自身が、神様の指先からこぼれ落ちた水滴そのものだった。もしかすると彼らは、水面を泳いでゆくと、その先どこに行き着くのか知っていたのではないだろうか。向こう岸に何が待っているのかを。だから賢い彼らは、誰も泳ごうとしなかったのだ。

彼らのいないプールを、私は一人、こちらの岸から向こうの岸へと泳いでいる。二掻き未満のリズムを少しでも長持ちさせるため、できるだけ悠然と手足を動かすよう努めるが、クリーニング店の奥さんのようには上手くいかない。小さな鉄棒で大きな回転を見せる彼女をお手本にしたいのに、どうしてもせせこましくなってしまう。それでもあきらめずに私は往復を続ける。

念入りに掃除をしたおかげで水中は綺麗に透き通り、塵一つなく、底のコンクリートの粒々まで見分けられる。つい昨日までくすんでいたペンキの色も艶めいている。差し込む日光は幾本もの線になり、水を透明なまま光の色に染めている。私が一掻きするたび、その光の揺らめきが、水着からはみ出した乳首を撫でる。くすぐったい気がして思わず口元を弛める。イルカとラッコと海星がこちらを見ている。

岸に手を掛け、私は一息つく。斜めになった胸元のリボンを真っすぐに直し、ねじれた肩紐を元通りにする。意外なほど呼吸が荒くなっているのに驚き、顔を太陽に向けて半分目を閉じ、息を整える。まぶたの裏に空の青が映っている。日差しが顔の水滴一つ一つに反射して弾けているのが分かる。バリトンさんの歌の雫に頬を撫でられているようだ、と思う。水はもう少しも冷たくない。再び私は二掻き弱の平泳ぎに戻る。

ゆっくり、ゆったり、のびのびと……そう言い聞かせながら蹴り出す膝が、いくら調整してもプールの底に当たってこすれるようになる。気にしない、気にしない、ゆっくり、ゆったり、のびのびと……私はできるだけ泳ぎに集中しようとする。けれどやはり、少しずつ水が減っているのは誤魔化しようもない。足元から伝わる水の感触は心細くなりつつあり、せっかく一年ぶりに本来の姿になっていたイルカとラッコと海星は、三分の一の形に逆戻りしようとしている。ひび割れたところから、水が漏れ出しているのだ。プールの水は、入れるのにかかったのと同じくらいの時間をかけて抜けてゆく。

どんなに水が減ろうとも、水中は変わりなく透明なままだ。黄色と青のペンキも瑞々しさを失っていない。私はより体の調整に注意を払う。イルカとラッコと海星がどんどん近づいてくる。お尻が沈まなくなり、膝と踝《くるぶし》と肘が底にぶつかり、早くも乾燥しはじめた水着がくすんでくる。リボンがぐったりうなだれている。乳首がこすれて血がにじむ。自分が浮いているのか、底にへばりついているだけなのか、分からなくなる。それでも構わず私は、向こう岸まで泳ぎ続ける。

9

夏の終わり、図書館に隣接した公民館で催されている〝質素な親子工作展覧会〟を見学した。例年通り、あの子の作品が展示されていた。

その様子を報告すると、従姉はさほど表情も変えず、ただ「ああ、そう」と言ったきりだった。

「入ってすぐ正面、一番目立つ場所に展示してあったよ」

私はそう言い足した。従姉はようやく微かに誇らしげな笑みを浮かべ、

「しょせん、景品のお菓子目当てに作っただけだから」

と言って謙遜した。

〝質素な親子工作展覧会〟に新しい作品が応募されなくなって、もう長い年月が経つ。仕方なくいつの頃からか、昔の入選作品を引っ張り出して、公民館のロビーに飾るようになってい

る。変わり映えのしない、年々古びてゆく一方のその展示に、しかし誰も文句を言う人はおらず、ひとときだけロビーがにぎやかになるのを、夏が過ぎてゆく合図として受けとめている。

質素という言葉とは裏腹に、昔は子どもなら誰もが胸を高鳴らせる、憧れの展覧会だった。最初にその形容動詞を用いたのはおそらく、主催のお菓子会社の誰かなのだろう。応募規定は、キャラメルの箱、チョコレートの包装紙、クッキーの缶、キャンディーの棒等々、お菓子に関連した材料を再利用すること、ただその一点のみで、入選の賞品は段ボール一箱分のお菓子だった。短足でずんぐりしたライオンや、タイヤの大きさが四個全部バラバラな自動車をこしらえる作業に励みつつ子どもたちは、段ボールにぎゅうぎゅう詰めにされたお菓子を夢に描いた。それは彼らにとって、一生食べ続けても永遠に減らない魔法の箱だった。

「不思議」

私は言った。

「ロビーに入ると、うっすら甘い匂いがするの。そんなもの、すっかり蒸発しているはずなのにね。講堂の蠟燭が灯っているのか、と一瞬錯覚するくらい」

「どんな子どもも、甘い匂いがする」

昼食を皿によそいながら、従姉はつぶやいた。

「だってそれが、子どもの目印でしょ？」

メニューはひき肉とナスのカレー風味炒めだった。胡瓜のピクルスがいつもより多めに添えられていた。

「もし希望するなら……」

私はおかずとご飯を混ぜ合わせ、一匙口に運んだ。

「あの子の作品を返してもらうこともできると思うよ。お菓子会社に申し出れば、きっと聞いてもらえるはず」

しばらく間を開けてから、従姉は首を横に振った。相変わらず彼女は何も食べようとせず、机の向こう側に座り、水滴のついたコップを手持無沙汰に撫でたり握ったりしていた。二人の間には、図書館で借りてきたばかりの本が積み上げられていた。

あの子が作ったのは最強のロボットだった。ミルクキャラメルの顔にアーモンドチョコレートの胴体、ラムネの両腕に麦芽ビスケットの両脚。心棒にはアイスクリームの当たり棒、目鼻と耳にはフルーツゼリーのミニカップ、全身を覆う板チョコの銀紙は強固な輝きを放ち、胸元に設置されたクッキー缶の留金スイッチは、いつでも必殺光線を放射できる態勢を保っている。どっしりした足の裏は何でも踏みつけられるし、円柱形の両腕は手当たり次第、そこら中のものをなぎ倒せる。ただし目立つのは強さばかりではない。外向きに開かれた耳と、うっすら葡萄ゼリーの色が残る瞳は、遠くにある何かを感じ取ろうとする思慮深さを秘めている。

「いいよ、わざわざそんなこと、しなくても」

窓の外に視線を向けながら従姉は言った。朝から続く曇り空がいよいよ怪しくなり、門に立て掛けた自転車のサドルに、一粒二粒、雨が落ちてこようとしていた。あの子の足が描いた地図からはみ出てしまったものにはもはや執着せず、その分、地図の内側、講堂のガラスの箱にだけ心を集中させるのだな、と私は思った。思ったけれども何も口に出さず、代わりに氷水を飲んだ。ガス台の鍋からはまだ湯気が立ち上っていた。

誰に断りもなく、図書館と一緒に公民館もあの子の地図には載っていない地区へ移転してしまった。新しい公民館は、天井が高く、小綺麗で、どこもかしこもぴかぴかしていた。そんなロビーに展示された〝質素な親子工作展覧会〟の入選作品たちはどれも、居心地が悪そうだった。大方の作品は本来の色つやを失い、ある部分はひび割れ、またある部分は虫に食われ、はみ出した接着剤や朽ちた輪ゴムが奇妙な雰囲気を付け加えていた。部品が取れて内側の仕掛けが覗いて見えたり、つっかえ棒がなければ立っていられなかったり、本来何の形をしていたのか、分からなくなっているものも少なくなかった。

「郷土史資料館があんなふうになったのに、〝質素な親子工作展覧会〟が曲がりなりにも続いているのは、立派だと思う」

私は言った。

「公民館の人のおかげかしら」

従姉は立ち上がり、ガスの火を最小に弱めて鍋の中をかきまぜた。

「あんなに壊れやすい作品を、毎年毎年、並べるだけでも大変。一つ一つ、そっと、そっと、よ」

「それとも、お菓子会社の人？」

「展覧会担当の係は、もう解散してると思うけど」

「申し送りがされているはず。きちんとした会社だから」

「そうか。休止した展覧会のための開催係、がいるのかもね」

私は最後に残しておいた、ピクルスの薄緑色に染まったライスを口に運んだ。お代わりは？という表情を浮かべ、従姉は鍋の中身をすくい上げた。私は空のお皿を差し出した。

とうとう雨が降りだした。自転車のサドルも門柱のレンガも地面も、濡れた色に変わりつつあった。

「入選しなかった応募作品は、どこで、どうなっているのかしら……」

ひき肉とナスをよそったあと、ピクルスを皿の端に載せながら、従姉は言った。どうしても答えを知りたいわけではなく、ふと浮かんだ問いが思いがけず口をついて出た、という様子だった。

「さあ……」

答えを探すように、私は二皿めの料理をかきまぜた。長い時間ペンをくわえているせいでひび割れた唇が、ヒリヒリした。従姉はガスの火を止め、また椅子に腰を下ろした。一皿めより煮詰まり、香辛料が引き立っていっそう美味しくなったそれを食べながら、私は入選できなかった質素な工作たちのことを考えた。

彼らはお菓子会社の分室の地下室か、ラインの止まった工場の倉庫か、とにかく滅多に人が足を踏み入れない殺風景な空間に集められている。応募者に返却する手間を惜しみ、深く考えないまま押し込めてゆくうち、いつしか天井にまで届く山を成してしまった。いくらきちんとした会社とは言え、休止した展覧会のための開催係はたった一人しかいないので、手が回らないのだ。まれに何かの間違いでその扉を開ける人があったとしても、単なるゴミだと思われ、それで済まされる。元々捨てられるものを材料にしているのだから、勘違いされるのも仕方ない。すぐに扉は閉じられ、再び彼らは深い静寂と暗闇に取り残される。

もう少し丁寧に注意を払えば、それがゴミの山でないことはすぐに分かってもらえる。どんなに無残に押し潰され、皺くちゃにされ、引きちぎられて片割れを失っていようと、細部にはちゃんと下書きの跡が残っているし、ハサミと接着剤によって生み出される新たな造形を見出すことができる。動物、妖怪、機械、人物……あらゆる種を超えて彼らは助け合っている。同じ展覧会に出品された、というただ一つの共通点を頼りに、手を取り、お互いを励まし、他のどこにもない巨大な一つの作品となっている。誰にも認められず、すっかり見捨てられているとしても、いじけたりはしない。プリンの蓋、ヌガーのセロファン、バウムクーヘンの中敷き、卵ボーロの乾燥剤、サイダーの栓。大きさも色も視力も異なるあらゆる種類の瞳が、自分たちだけに分かるやり方で視線を交わしている。

そういう彼らの先頭に立っているのが、あの子のロボットだ。自分は入選者、段ボール一箱分のお菓子の獲得者だ、と威張ったりはしない。いつどんな危機が訪れようとも心配はいらない、という頼もしさで皆に平和をもたらしている。必殺光線の威力を確かめたくて、思わず誰もがそれを押してしまいそうになるほど、胸元の留金スイッチは凛々《りり》しくきらめいて見える。

あの子のロボットは、自分の担当地区を守っている。従姉がどうしても足を踏み出せない地図の外側で、自分に与えられた任務を果たしている。

「お腹一杯。ごちそうさま」

私は言った。幼稚園の食事に慣れている身に、久しぶりのお弁当メニューはボリュームがたっぷりで、胃が苦しかった。

雨はひどくなる一方だった。窓の向こうは夕方のように薄暗くなっていた。屋根に打ちつける雨の音が部屋中に籠っているのに、相変わらず静かなままだった。従姉は手際よく食器を洗い、熱いお茶を淹《い》れてくれた。お腹が落ち着くまで、私たちは黙って雨を眺めた。

この雨の向こう、自分が行ったこともないどこかに、質素な工作の山が保管されているのかと思うと、不思議に心が落ち着いた。無数の子どもの柔らかい指先が、隅々にまで触れた証拠が残る塊。もしそれを抱き締めれば、体温までが伝わってくる。そういうものが、遠い場所で甘い匂いを放っている……。

私はお茶をすすり、一つ、長い息を吐き出した。以前骨折したところが痛むのか、従姉は無意識のうちに膝を撫でていた。

「今日、こんなに雨が降るって、知ってた?」

従姉は尋ねた。私は首を横に振った。

「少しおさまるまで、家にいたらいい」

「うん、そうする」

「何なら、泊まっても構わないのよ」

「一体、どこに寝るの?」

食卓とベッドでほとんど一杯の元門番小屋を、私は見回した。

「食卓の下に寝袋を敷けば、もう一人寝られるのよ」

従姉は言った。まるでかつて、誰かがそんなふうにして泊まったことがある、とでもいうかのような口振りだった。

「大丈夫。合羽を貸してもらえれば、走って帰れる」

「危なくない？」

「ちっとも。だって幼稚園は、すぐそこだもの」

木々の緑もレンガの海老茶色もなく雨の色一色に染まる窓の外を、私は指さした。自転車はすっかりずぶ濡れだった。

「うん、分かった」

私たちはお弁当のことと、ガラスの箱のことを、順番に話した。開発中の新しいメニューについて尋ねると、姉は虫歯屋さんの近況を知りたがった。蠟燭の仕入れ先を変更したいきさつの次に、中央公園のバラが病気に罹《かか》って大方枯れてしまった話をした。相変わらずの話題ばかりだったが、二人とも退屈はしなかった。従姉が手にしている地図はささやかそうに見えて、いくらでも詳細にたどることができるのだった。

「あっ」

従姉が小さな声を上げ、今初めて気づいたというふうに、積み上げた一番上の本を手に取った。

「その作家は、ついこの前亡くなったの」

私は言った。従姉は「ふうん」と息を漏らし、背表紙に視線を落とした。

作家の死亡記事を新聞でチェックするのは、私の大事な仕事だった。彼女の決まり――死んだ作家の本しか読まない――に外れる本を、自分の不注意で元門番小屋に持ち込みたくはなかったからだ。長い時間をかけ、慎重に築き上げられたこの決まりは、純粋で毅然としていた。誰もその境界を踏み越えることはできなかった。

「あえて、最後に出版された本を選んでみたよ」

「うん、ありがとう」

「もし気に入ったら、刊行年を遡って、順番に一冊ずつ借りてくるね」

老衰による腎不全で亡くなったその作家は、二十代で華々しくデビューし、才気あふれる問題作を次々と発表したものの、中年を過ぎて以降、急速に世間から忘れられ、生まれ故郷の北方の島で長い晩年を暮らした。いくら無視されようとも、粘り強く小説を書き続けていたと言われているが、もはや人々の注意をひくことはなかったらしい。ほとんど忘れられた作家のためか、記事はほんの数行の控えめなものだったが、翻訳者による心のこもった追悼コメントが一緒に載っていた。

『……彼の文学が取り上げられる時、必ず栄光と空白について語られます。時に、空白の方が作品よりも興味深い扱いを受けたりすることさえあります。しかしその二つは対立するものではありません。小説の一行一行は、圧倒的な空白に耐える強靭さを持ち、その中で熟成してゆきました。彼の執筆の態度は、豊壌とは言えない島の土地を黙々と耕す、農夫の姿を連想させます。社会の熱狂とは裏腹に、彼の小説は深い土の中にそっと置かれた種のようでした。せっかちで浅はかな者には、実りは手に入りません。世界の奥底に潜む真実の温もりを手にできるのは、辛抱強い者だけです。彼がもはや新しい言葉を我々の世界に刻み付けてくれないなんて、信じたくありません……』

ただし従姉と私にとって、一人の作家の死は、世界の欠落ではなく広がりを意味した。新しく読むことのできる本が増えるのだから、死を悼む心の裏側にはいつも、読書の喜びが控えていた。

「ねえ……」

従姉が口を開いた。

「新しく誕生する作家より、死んでゆく作家の方が多いと思わない？」

どう答えていいかよく分からず、私はあいまいに視線をそらせた。

「つまり、読む本がなくなる心配なんて、少しもない」

珍しく彼女が晴れやかな表情を見せたので、つられて私も微笑みを返した。

「死者はどこまでも、増えてゆくばかりだから」

そう言って彼女は、いかにも重みが詰まっているものを大事に扱う、といった手つきで、食卓の本の山を整え直した。

「今度の、〝一人一人の音楽会〟……」

従姉はつぶやいた。

「久しぶりに行ってみようかなあ」

うん、そうすればいいと思う、と私は声に出さずに心の中でうなずいた。

『拝啓
何の面識もない私のようなものが、いきなりお手紙を差し上げますご無礼、どうかお許し下さい。今、あなた様がどれほどのお悲しみのさ中にいらっしゃるか、申し上げる言葉もなく、今はただあの方のご冥福をお祈りすべきところ、〝安寧のための筆記室〟室長として、また、偶然最期の瞬間に立ち会った者として、どうしても気持をお伝えしたく、失礼を承知で筆を執った次第です。
もちろん、病院からの正式な知らせは、お手元に届いておられるでしょうが、あなた様とあの方の文通は、事務用紙にタイプされた儀礼的な通知一枚で、片付けられるものでは到底ございません。そこからこぼれ落ちるものの方がずっと多いのです。

しかしだからと言って、自分しか知らないあの方のお姿をお伝えするのが、室長のせめてもの務めである、という気取った職業意識を振りかざそうとしているわけではありません。私の願いはもっと素朴です。病室が片付けられ、名札が取り外され、あの方の記憶を留めるものが筆記室の机だけになってしまった今、その空洞をどなたかと分かち合えるとしたら、あなた様しかいない。そう、思ったのです。

〝安寧のための筆記室〟でお手紙を書かれる患者さんは珍しくありません。そもそもは外部から請け負った論文や各種書類を清書するための場所で、病院付属の作業場の一部という扱いだったのですが、個人的に手紙を書きたいと望まれる方は後を絶たず、治療の上でも好ましいようだということで、いつしかそのために設けられた部屋のようになりました。

実にさまざまな患者さんたちが手紙を書かれます。送る相手もまた人それぞれです。童話の登場人物、子どもの頃飼っていた亀、天井裏に住む友だち、映画のヒロイン、生まれてくる前の自分……。

そんな中にあって、あの方ほど印象深い患者さんは他にいません。晴れている日はほぼ毎日、筆記室に姿をお見せになりました。朝の食事と体操が終わったあと、たいていは一番乗りで、夕方、日が暮れるまでずっと、です。スタンドの明かりを嫌い、窓から差す自然の光だけを頼りにされていましたので、おのずから座る場所は窓際の南東隅、と決まっていました。他の患者さんもよく心得ていて、その机を勝手に使う人はいませんでした。いつしか庭の草花を活けた一輪挿しを端に飾ったり、専用の下敷きを置いたり、ご自分の好みに合うようちょっとしたアレンジを加えておられました。その一角は、すっかりあの方の書斎になっていました。あるいは、住まいであった、ふるさとであった、と申し上げてもよろしいでしょう。

あの方のお書きになっていたのが、平凡な意味での手紙でなかったことは、私も承知しております。手紙でないどころか、文字でさえありませんでした。

もちろんこっそり盗み見たわけではなく、室長という立場上、自然と目に入ってきたのですが、あの便箋の状態を受け止めるのに、正直、しばらくの時間が必要でした。机に向かうあの方の背中には、どんな質問も形容も拒む、迫力が漂っていました。ただ黙って見守る以外、私にできることなど何一つなかったのです。

たった一つ私に分かったのは、これを受け取られる方はお幸せだ、ということです。室長専用の椅子に腰掛け、あの方のお姿を見ながらいつも、この手紙を受け取り、封を開け、便箋を広げるどなたかについて想像を巡らせていました。会う機会もないはずのその方を、どこかで羨ましいとさえ感じていました。いや、手紙を受け取るその方は、書いているあの方の様子を目にすることはできない、それは自分だけに許された特権だ、などと自らに言い聞かせてみたりしたものです。

手に取ったペンが最初の一点を打ちますと、あとはもうそのペン先が便箋を離れることはございません。便箋を裏返す、インクを補充する、咳き込む、目にごみが入る等々、離れ離れになる危機は何度か訪れますが、あの方はほんの一、二回瞬きをするかしないかの間に、すべてをやり過ごしてしまわれます。見ている者にとっては、何事もなかったのと同じなのです。

ペンは動き続けます。息さえしていないのではと心配になるほどです。〝安寧のための筆記室〟で最期を迎えられた事実を思いますと、あの方は手紙を書いておられる間、ずっと死んでおられたのかもしれません。私の言い方が誤解を招きましたら、どうぞお許し下さい。けれどあなた様ならきっと、分かって下さると思います。

本当に眠っておられるようでした。ちょうどその日、筆記室は満室で、南東隅のあの方の姿は他の患者さんたちに半ば隠れていました。そのため、気づくのにしばらく時間がかかってしまったのですが、それくらいに静かな異変だった、とも言えます。背中のシルエットは、手紙を書いておられる時と何ら変わりはございませんでした。

本当に息が止まってしまわれたあとも、ペン先はしっかりと便箋に、正確に申し上げれば、便箋の暗黒に密着しておりました。まるで、あまりに純粋な黒色のため、底のない透明な湖のように見える、あなた様もよくご存じのはずのあの便箋です。長年手紙を書き続けた果てに、ご自分が書く文字よりも小さな湖の一滴となり、ペンの先から湖の底へ、すうっと吸い込まれていったかのようでした。ペンさえしっかり握っていれば、その先とつながっている場所へ、滞りなく運ばれる。心臓が止まってもなおきつく握ったままの指先には、そのような意思が感じられました。ペン先から果てしなくつづられた黒い糸は、どこへ続いていたのでしょう。ええ、もちろんあなた様です。けれど最後の便箋を見た私は、あなた様をすり抜けて更に遠く……亡くなったお子さんの元ではなかったか、と思ったのでした。

もしかしたらあの方が手紙を書き続けたのは、お子さんに再会するためだったのかもしれません。そうであれば今頃は、望みをかなえておられることでしょう。

失礼な思い込みの数々、申し訳ございません。どうぞお許し下さい。

もし万が一、機会がございましたら、〝安寧のための筆記室〟を訪ねて下さい。南東隅の机は、一輪挿しも下敷きもそのままにしてあります。便箋からあふれた漆黒が、机の表面にまだ染み込んでいます。

季節の変わりめです。くれぐれもお身体お大事になさって下さい。

敬具』

バリトンさんが持参したうちで、これが唯一、解読作業をしなくてもすぐに読める手紙だった。それでもやはり習慣に従い、手紙は［未決］の箱に入れられたあと、園庭で朗読された。

室長の申し出に従い、〝安寧のための筆記室〟に残る恋人の机を訪れたのかどうか、バリトンさんは口にしなかったが、彼の無言を愛する私は敢えて問いただすこともしなかった。室長からの手紙が届いて以降も、彼は封書を持って私のところへやって来た。足ふきマットで丹念に靴底を拭い、お手数をお掛けしますが、という態度でそれを手渡した。封書こそが、元幼稚園へ足を踏み入れるための無くてはならない切符、とでもいうかのようだった。

漆黒の手紙、解読、清書、朗読。二人の間で執り行われる手順に変わりはなかった。恋人の沈んだ湖は底なしだった。ペンをくわえ、首をすくめて腰を折り曲げ、おまけの箱に閉じ込められたカマキリのように体の縮んだ私は、自由自在、どこまでも奥深く漂うことができた。その漆黒の湖から愛の言葉をすくい上げ、口にくわえたペンで清書し、子どもたちのいない園庭を巡りながら朗読する。時々立ち止まり、遊具を眺め、二人で月を見上げる。バリトンさんと私は、繰り返し同じやり方で愛し合う。

10

皆が待ち望んでいた西風の吹く季節が、ようやく巡って来た。誰もが〝一人一人の音楽会〟の予感に心を奪われていた。もちろん、はしゃいだり、我を忘れたりする人はいなかった。もっと慎み深く、礼儀正しかった。例えば道端で知り合いに出会えば、目礼し、丘の広場に視線をやってうなずきを交わす。あるいは空を見上げ、渡り鳥の行く先を目で追いながら風向きを確かめる。そういう待ち方だった。

季節が移るとともに、講堂を訪れる人の数も心なしか増えていった。人形の洋服を厚手のものに着替えさせたり、計算ドリルのレベルを上げたり、新発売の玩具を納めたり、人々がやるべきことはさまざまあった。けれど中身にどんな変化が起ころうと、ガラスの箱たちの静けさはそのままだった。お行儀よく棚に並び、ただひたすら自らに託された品々を守っていた。

目に見えて元美容師さんは忙しくなった。人形の髪を結い直す作業が終わったあとも講堂に残り、依頼された竪琴の弦の調整をしていた。音楽会に向け、皆が自分の楽器を手入れする中、竪琴の弦だけはやはり、彼女の手に委ねられた。彼女に任せておけば、万事安心だった。切れた弦は慎重に取り換えられた。残り少なくなってゆく遺髪の中から、風を受け、空気を震わせるための数本を的確に選り分けられるのは、彼女しかいなかった。竪琴は耳たぶにあるより、掌《てのひら》にある時の方が更に小さく、抜けた乳歯ほどの重さしかないように見えた。それを削るのは元歯科医院にあるドリルなのだから、竪琴と乳歯が同じ重さなのは当たり前だ、という気がした。遺体から切り離された、あるいは寝床やブラシから集められた死んだ子どもの髪の毛は、蠟燭《ろうそく》の炎の中ではほとんど透明で、それが本当にそこにあることを証明できるのはただ、細やかに動く彼女の指先だけだった。

もし遺髪を全部使ってしまったらどうなるのだろう。竪琴の弦になって死んだ子の声を蘇らせてくれる髪の毛が、一本残らず切れてしまったら……。この疑問が湧き上がってくるたび、私は見て見ぬふりをした。こうして張り替えられている弦は半ば瞳に映らないのだから、既に、なくなっているのかもしれず、だから、なくなってしまう心配をする必要などないのだ、と自分に言い聞かせた。

当日は申し分のない日和だった。〝一人一人の音楽会〟にこれほど相応しい風が吹く夜はかつてなかった、と言って皆が喜んだ。空気はひんやりとして心地よく、空には出しゃばりすぎず、かつ暗すぎない数の星が瞬き、風向計は真っすぐに西を指していた。人々は月が昇るのを待ちかねて丘に向かった。空の中ほどに浮かんだのは、くっきりとした新月だった。

バリトンさんが丘の広場まで従姉《いとこ》を背負ってくれたおかげで、脚の心配はせずにすんだ。従姉は枕元の引き出しの奥にしまってある楽器を久しぶりに取り出した。随分と長い間奏でられることがなかったので、あちこち狂いが生じているのではと心配したようだが、足指の風鈴はほとんど変わらない姿を保っていた。耳たぶに留めるネジをほんの少し、締め直すだけでよかった。青みがかって清潔な色合いも、関節の丸みも、極小の穴が織りなす表面の模様も、そのままだった。

私たちは三人一緒に遊歩道を登った。

バリトンさんが枕木を五十ほど踏むごとに従姉は言った。

「すみませんね」

「重くありませんか?」

口元に、ちっとも、という表情を浮かべてバリトンさんは首を振った。たとえ「はい」の一言でも、バリトンさんの歌声がどんなに素晴らしいか、従姉に聞いてもらいたかったが、音楽会の日には歌わないと決めている彼の唇は、閉じられたままだった。それでも従姉のために差し出された背中や、体を受け止める両腕には、お役に立てて何よりですという気持がにじみ出ていた。

「お辛くなったらいつでも言って下さいね。すぐに降りますから」

その気持を察するように、従姉は声を掛け続けた。

朗読の時もガラスの箱を運び出す時も、体の大きな人と感じたことはなかったのに、従姉を背負うバリトンさんの背中は広々として居心地がよさそうだった。彼女がどんなに脱力して胸を押し当てても、びくともしない余裕があった。後ろから横から、私は彼を見つめた。今初めて、バリトンさんの背中というものを発見したかのような気持がした。

音楽会へ向かう人々が私たちの脇を通り過ぎていった。演奏者なのか観客なのか、見分けることはできなかった。皆、軽やかな足取りだった。川面から立ち上る湿気で草地はしっとりとし、枕木は靴の底で柔らかい音を立てた。

楽器を慣らすため、と言って従姉は元門番小屋を出る時から足指の風鈴を耳たぶに着けていた。彼女が懸念するまでもなく、それは気持よく耳に馴染んでいた。どんなに間が開こうと、赤ん坊が母親の両腕に何の無理もなくすっぽり落ち着くのと同じように、耳たぶと楽器、お互いの感触を忘れるはずもない、といった雰囲気だった。足指の骨はかつて彼女のお腹の中で育まれたものであり、肉体の一部であった記憶は耳たぶにまでちゃんと染みわたっていた。

バリトンさんの背中にもたれ、両腕を首に回している従姉。その傍らに寄り添って歩く私。楽器のすぐそばに私たち三人の耳が揃っていた。早くもその時から、三人だけの〝一人一人の音楽会〟がはじまっていると言ってよかった。楽器は西風によってというより、振動によって揺れていたが、少しも不自然ではなかった。足指の骨が自ら、待ちきれずに跳ねているのを、三人の耳が見守っているようだった。骨は左右四本ずつぶら下がっていた。あの子を骨にした時、小指の骨だけが砕けてしまい、どうしても十本揃わないのだ、と言って従姉は泣いた。あの子が死んだことと、十本揃わないことが、泣き声の中で等しく響き合っていた。ガラスの箱の中を歩くにも、足がいるわ、と私は言った。あの子のために少しは足を残しておいてやらないと……。

　バリトンさんが枕木を踏むリズムに合わせて四本の骨は揺らめき、触れ合い、振動した。親指と人差し指、中指と薬指、薬指以外の三本、あるいは四本すべて。触れ合う組み合わせはさまざまだった。一瞬だけ微かに接触する時もあれば、割れるのではと心配になるくらい勢いよくぶつかる時もあったが、バリトンさんが立ち止まれば、また四本、すぐに大人しくなった。あの子の姿そのままに華奢《きやしや》な骨だった。重さなどないかのように頼りなく、しかし長い時間同じ形で変わらずにいる忍耐強さを秘め、不揃いの中で仲良く助け合っている。

　バリトンさんと私には楽器の音色は分からなかった。どんなに三人が体を近づけていても、それを聴けるのは従姉だけだった。演奏を聴けるのは演奏者一人。それが〝一人一人の音楽会〟の最も大事な決まりだった。けれど私にとってはどちらでも変わりなかった。従姉の耳たぶを見つめていれば、自分の内側のどこかから、自然と音色が届いてきた。鼓膜の奥の小部屋に大事に仕舞ってあるバリトンさんの歌声を、いつでも取り出せるのと似ていた。

「重くありませんか」

何度めかの同じ台詞を従姉は口にした。彼女が喋ると、顎の動きにつられて楽器がまた一段と軽やかな揺らぎを見せた。バリトンさんの足取りに疲労の気配はなかった。すっかり夜は深まり、いつの間にか空の闇と川の流れの区別がつかなくなっていた。西風に吹かれる木立のざわめきが、少しずつ近づいているのが分かった。

小指のない足はきっと、その空洞をかばうように、いっそう優し気な足音を奏でるだろう。母親のすぐそばにいながら、それでもなお近づこうとして健気に駆け回る。こんな小さな足にどれほどの重さがあるのかと思うのに、一度でも踏んだところにはちゃんと足跡が残り、一続きの模様になって母親の鼓膜に刻まれる。母親はじっと耳を澄まし、模様をなぞる。足跡を消さないよう、指先にはこれ以上ないほどの優しさが込められている。

丘のてっぺんに到着してみると、既に多くの人々の姿がそこにあった。遊歩道を登りきった途端、夜の空が高々と眼前に広がり、新月がすぐ近くに見えた。〝一人一人の音楽会〟が常にそうであるように、開演を知らせるベルも、指揮棒を振り上げる指揮者もないまま、会ははじまっていた。

「どうも、ありがとうございました」

従姉はバリトンさんの背中から降り、耳たぶに手をやって間違いなくそこに楽器があるのを確かめた。

「私たちは、ここにいるからね」

私は言った。

「脚は大丈夫?」

従姉はうなずき、一人、歩きだした。最初の数歩はぎこちなかったが、すぐに調子を取り戻し、風を受けるのにちょうどいいポイントを探りながら、広場の中央へ向かって進んでいった。やがてその背中は暗がりの中に遠ざかり、他の演奏者たちに紛れ、見分けがつかなくなった。

バリトンさんと私は広場が見通せる林の中に立ち、音楽会を見守った。地面は盛り上がる根と積もった落ち葉で安定が悪く、足踏みをするだけでガサゴソと余計な音がした。私たちは互いの腕を取り合い、体を寄せ合って、一つの塊になるよう努めた。

束の間気配を消すことはあっても、丘の斜面で、林の奥で、空の高いところで、西風は吹き続けていた。見上げるたび、流れてゆく雲が夜空に描き出す濃淡の模様は移り変わっていた。

枝のしなる音がして、鳥が飛び立ったのかと振り返っても、必ずそれは風の仕業だった。

演奏者たちは思い思いのやり方で楽器を鳴らしていた。風に向かって歩みを進めるという真っ当なやり方に専念する人もいれば、あえて見晴らし台の下に潜んで風を避けながら、滅多に吹き込まない一陣の風に賭ける人もいた。後ずさりする、うずくまる、スキップする、うつむく、踊る、眠る……。無数のやり方があった。時折、講堂へやって来る顔見知りが横切って行った。あっ、元美容師さんかな、と思う一瞬もあった。しかしもちろん声は掛けなかった。視線を交わす余裕さえなかった。あまりにも耳にだけ神経を集中させているからだろうか、彼らはガラスの箱を手入れしている時より呼吸が浅かった。息をしていないかのようにさえ見えた。楽器の音色を聴き取れるなら、息などする必要はないのです、とでもいう様子だった。明かりが乏しいだけでなく、皆が黒っぽい洋服を着ているために暗がりとの境があやふやになり、肉体は大方、どこか遠くへ置き去りにされているのかもしれなかった。

私は従姉を探した。たぶん広場の真ん中の平らな草地にいるはずだと思ったが、黒い影が重なり合ってただぼんやりしているばかりだった。私はバリトンさんを見上げ、腕をつかむ指に力を込めた。微笑みもせず、声も出さず、ただ横顔を見つめてバリトンさんの体が暗がりに引きずり込まれていないのを確かめた。

楽器がいくつもいくつも、揺らめいていた。人の輪郭はあやふやでも、耳元のその揺らめきだけは確かにそこにあり、たった一人のための音色を響かせていた。素朴なセロファンのラッパがあった。ガラス瓶に入った体の欠片《かけら》があった。虫歯屋さんが削り、元美容師さんが手入れをした竪琴があった。

普段なら夜明けが近づくにつれ弱まってゆく風が、少しもその気配を見せないためか、家路につく人は誰もいなかった。むしろ勢いは強くなっているようでさえあった。斜面を駆け登ってきた風が林を包み、丘の真上で何重も渦を巻いていた。落ち葉が舞い上がるのと一緒にバリトンさんのズボンがはためき、私の髪の毛が乱れた。演奏者たちはもはや、楽器をよりよく鳴らすため、歩いたり斜面を駆けたりする必要はなかった。ただその場にじっとしているだけで、十分な風を受けられるようになった。バリトンさんが手をのばし、乱れた髪を直してくれた。

いつの間にか雲はすべて流れ去り、星と月だけが変わらない光を放っていた。演奏者たちは皆、吹き止もうとしない風に夢中になっていた。あちこちに散らばっていた彼らは自然と広場の中央、一番の高みに吸い寄せられるように集まってきた。そして同じ西の方角に向かって立ち、目を閉じていた。

林の木々は絶えずざわめき、演奏の邪魔になるのではと心配になるほどだったが、皆の姿は満足そうに見えた。自分の楽器がこんなにも力強く鳴ることが、愛おしくてならないようだった。貝殻はきりきり舞いし、体の欠片はガラス瓶の中を転げ回り、竪琴の弦は一本として静まる間もなかった。

彼女の風鈴はどうなっているだろう。私は目を凝らした。やはり従姉の姿は、寄り集まる大きな影の奥に隠れて見えなかった。影の中で楽器たちはいっそう高らかに響いているに違いない。その証拠に、影は闇よりも濃い密度で、洞窟の入口のようにくっきりと浮かび上がっている。足指の骨は愛すべき無邪気さで皆の先頭に立ち、ずんずん洞窟へ進んで行く。四本の指で奏でられる軽やかな足音がこだまする。骨はぶつかり合い、こすれ合い、勢い余って表面が微かに削れ、耳たぶに白い粉を残す。それこそが、あの子の足の裏が本当に母親の耳たぶを踏んだ証拠になる。

林の観客たちは身動き一つしなかった。風が強くなるにつれ、自分たちと演奏者たちの距離が遠ざかってゆくのを感じていた。もういくらバリトンさんが直してくれようとしても、ひどく縺《もつ》れた私の髪は元に戻らなくなった。

頭上で旋回するたび風は勢いを増し、一旦輪を解《ほど》いてから斜面にぶつかり、演奏者たちの間を吹き抜けた。影がばらばらにならないよう、彼らは足を踏ん張っていた。夜明けはまだだろうか。私は朝の光を探して町を見渡した。川面の色がほんのわずか明るさを帯びているようでもあったが、気のせいかもしれなかった。

その時、何の前触れもなく風が止んだ。夜明けとともに少しずつおさまってゆくいつもの吹き方とは異なる流れに、皆不意を突かれ、どうしていいかよく分からず、黙って顔を見合わせるしかなかった。舞い上がった落ち葉が地面に積もり、しなった枝が元に戻ると、たちまち梢は静まった。急に鳴り止んでしまった楽器に不安を覚えたのか、演奏者の何人かは耳に手をやっていた。どの楽器たちも、ついさっきまでの興奮を忘れ、ぼんやりと耳たぶにぶら下がっていた。

どのくらい待てばいいのか計る術《すべ》もなく、私たちはただ立ち尽くしていた。最初に何かを察知したのはバリトンさんだった。バリトンさんが私を見て、視線が合って、目配せを交わそうとした瞬間、地鳴りとともに何もかもすべてを打ち破る突風が吹き上げてきた。〝一人一人の音楽会〟でも、それ以外の日にでも、誰も味わったことのない風だった。それはつむじを巻き、小石や土や小枝やとにかく地面にあるあらゆるものを抱き込みながら、暗闇にも映る紡錘形となって、真っすぐ演奏者たちに迫っていった。誰かが悲鳴を上げたが、空しく渦に呑み込まれるばかりだった。

あれほど濃密に一つの形を保っていた演奏者たちの影は、たちまち崩れ落ちた。尻もちをついて手足をばたつかせる者もいれば、両膝を折り、咆哮するように四つ這いになる者もいる。またある者は身を守るためか風に逆らえないためか、斜面を転がり落ちてゆく。脱げた靴が後ろを追いかける。誰の髪もみな逆立ち、メガネは飛び、スカートはめくれ上がって腰に絡みつく。そうなってもなお、誰もが両耳を押さえ、自分の楽器を守ろうとしている。楽器はいともたやすく、風にさらわれてゆく。風に身を委ねるのが自分たちのあり方だと、よく承知しているその素直さのまま、何の抵抗もしない。

一つ、二つと飛ばされてゆく楽器が見える。耳たぶを離れ、くるくる回りながら紡錘形のてっぺんまで吸い上げられたあと、暗闇の中に姿を消してしまう。また、誰かの叫び声が聞こえる。そんなふうにさらわれている途中でも、健気に楽器は鳴っているのだろうか。それとも聴かせるべき耳と離れ離れにされたらもう、鳴る必要はないと悟って無音でいるのだろうか。

叫び声が消えるのと同時に、つむじ風は去ってゆく。どこへ消えたのかあたりを見回しても、押しつぶされた草地に転がる人々と脱げた靴が目に入るばかりで、あとにはただ静けさだけが取り残されている。

「戻ってこない？」

私はバリトンさんに尋ねる。

「風はもう、戻ってこない？」

バリトンさんは黙ってうなずく。

彼は正しかった。どこにもつむじ風が舞い戻ってくる気配はなく、代わりに夜明けの合図が丘に差し込んでいた。あれほどの騒ぎのあとでも平然と白んでゆく空を、観客たちは不思議な思いで見上げた。蛇行する川の向こう、町の一番遠いところには早くも、朝日が届こうとしていた。

演奏者たちは皆、暗闇と入れ替わりに立ち込めてくる靄の中、這いつくばって楽器を探していた。顔を地面すれすれに近づけ、倒れた草の根元をかき分け、小石をどけ、土を掘っていた。掌や膝がすりむけて血がにじんでもお構いなしだった。と同時に、誰かの楽器を間違って踏み潰さないよう細心の注意を払ってもいた。それらしいものを見つけると手当たり次第に拾い上げ、微かな光にかざしてみるが、たいていはただの木の実や昆虫の死骸だった。そうと分かると彼らはため息とともに、ぐったりした手つきでそれらを放り投げるしかなかった。

バリトンさんと私は林を出て、従姉のそばに歩み寄った。髪の毛も服も乱れていなかった。バリトンさんの背中から降りた時のまま、きちんと靴も履いていた。ただスラックスの両膝がじっとりと濡れて、擦り切れているだけだった。

「ねえ……」

私の呼びかけに顔を上げることなく、従姉は弱々しく首を横に振った。

「あの子が……、あの子の足が……」

両耳から楽器が失われていることはすぐに分かった。しかしだからと言ってどうしてあげたらいいのか、見当もつかなかった。

従姉は楽器を探し続けた。むき出しになった耳たぶは無防備だった。触らなくても冷たくかじかんでいるのが分かった。他のどんな体の部分よりか弱いこんな場所を選んで居場所にする楽器が、どれほど頼りなげなものか、なくなってみて初めて知ったような気がした。楽器はあまりにも小さく、丘は広大だった。私は足指の骨をまぶたに浮かび上がらせた。四本ずつ一組になって、大きい順にお利口に並んでいた。少しずつ明るさを増してくる靄の中に、骨の青白さは美しく透けて見えた。

「風が強すぎて、飛ばされたの。たぶん、このあたりだと思うんだけど……」

地面にへばりついたまま、従姉はつぶやいた。

「耳たぶと一緒に飛んでいったの。耳たぶがちぎれて……」

這い進む彼女の行く手をガードするように、バリトンさんは傍らに立ち、私は腰をかがめて少しでも近くに顔を寄せようとした。

「あの子の骨は私の耳たぶから離れたくなかったのよ。そう、だからちぎれたの。飛ばされていく時、はっきり見えた。足指の骨をつなぐ金具のところに、肉片が挟まったままだったのが。あの子の骨と私の耳たぶ」

従姉のすぐ後ろにいるのは、毎月決まった日に必ず講堂へやって来る男だった。その脇にいるのは、元美容師さんに人形の髪のセットを頼んでいる女だった。幾人も幾人も、楽器を探す演奏者たちが丘に散らばっていた。皆、西風が去った方角を向いていた。「あった」と言って安堵の声を上げる人は誰もいなかった。

「ちぎれた縁から、つっ、つつうっと、血が滴って糸を引くのも見えた。不意打ちだったから、縁がぎざぎざになってしまったけど、不格好じゃなかった。かえってそのぎざぎざが風になびいて、闇に赤い筋が残って、綺麗だった」

一度扉が開くと、みるみる夜は明けていった。林のどこかで、目を覚ました小鳥がさえずっていた。

「心配しないで」

ようやく従姉が視線を上げ、手を止めて自分の耳たぶを触った。

「ちっとも痛くないから」

私はうなずいた。それはちぎれてもおらず、ぎざぎざになってもおらず、ありのままの姿でそこにあった。ただほんの少し、土がついているだけだった。

その日以来、丘ではいつも誰かが楽器を探している。最初のうちは、「新しいのをお作りになったらどうです」とアドバイスする人もあったが、誰も長年親しんできた楽器を裏切るような真似はできず、結局は丘へ足を運ぶことになる。やがてお節介を焼く人もいなくなる。

今では斜面に四つ這いになる人々の姿は、丘の風景の一つになっている。話しかけたりじろじろ眺めたりする人は一人もいない。寂しそうな耳たぶを持ったその人を、ただそっと遠くから見守るだけだ。

従姉はバリトンさんに背負われて丘へ行く。頼まれればいつでも快くバリトンさんはその役を引き受けてくれる。脚はすっかり治り、一人で遊歩道を歩くのに不都合がなくなってからも、習慣から抜け切れず、それが暗黙のうちに了解し合った三人のやり方になっている。お弁当が早く売り切れた午後、本を読みすぎて目が疲れた日曜の夕方、私たちは一緒に丘に登る。従姉が探索を続けている間、バリトンさんと私は広場の隅のベンチに腰掛け、その様子を見るともなく眺めながら、お喋りをする。正確には私一人が喋り、バリトンさんはただ耳を傾けているだけだが、時々、「はい」とか「ええ」の一言が歌声になって聴けると、うれしくてうっとりする。

「ちぎれた耳たぶが目印になって、きっと見つけやすいはず」

と、従姉は言う。

「ママと離れたくなかったのね」

と私は言うが、遠すぎて声は届かず、答えを返すこともなく従姉は探索に取りかかる。留め金の間に挟まった肉片と、青白い骨を探し続ける。雨風にさらされ、草地に埋もれてもなお、楽器はみずみずしさを失っていない。拾い上げてそのまま耳に下げれば、〝一人一人の音楽会〟ですぐにでも音を響かせることができる。耳たぶは柔らかく、温かく、ちょうど留め金のおさまりがいいところに窪みがある。ぎざぎざは赤く染まって可愛いフリルのように見える。足指の骨はその足音で、母を守るための囲いを描く。

人々は丘で、自分の楽器を探し続ける。しかし見つかったという話は、まだ一度も聞かない。

11

今日は、元幼稚園で最も喜ばしい一日となる。講堂で、あの子の結婚式が執り行われるのだ。従姉と相談しながら、私は何日もかけて準備をした。バリトンさんが忠実な助手になってくれた。招待状を発送する。講堂を飾りつける。舞台にテーブルと椅子を並べる。オルガンを調律する。花を摘む。ナプキンを畳む。食事のメニューを考える……。やるべきことはたくさんあった。やるべきことが次々持ち上がるたび、待ち遠しくてならない気持になった。いつでも誰にとっても、結婚式とはそういうものだ。

中でも一番大事な準備は、タキシードとウエディングドレスを着た新郎新婦の絵を描き、あの子のガラスの箱に納めておくことだった。絵にはお遊戯会の時、『おおきなかぶ』の背景に使ったベニヤ板の切れ端を使うのが習わしになっていた。どんな色の絵具をどんな筆さばきでベニヤ板に塗ると綺麗に仕上がるか、『おおきなかぶ』で私は既にその技術を十分習得していた。

ガラスの箱に入るベニヤ板のちょうどいい大きさはトランプのカードほどしかなく、だからこそ花婿と花嫁はぴったりと寄り添わなくてはならない。少しでも隙間が空くとカードからはみ出てしまう。ウエディングドレスは大げさな飾りで誤魔化さなくても、仕立ての丁寧さが伝わる上品なデザインで、ブーケは真っ白のバラが水色のリボンで束ねられている。頭には女の子なら誰でも憧れるお姫様風のティアラと、長く裾を引くベール。とても繊細なレースのベールなので、その下に隠れた顔ははっきりとは見えない。ただ細かい模様をすり抜ける光を受け、柔らかい微笑みを浮かべているのがうかがえるだけだ。

誰も、彼女の名前を知らない。それを尋ねたいと思う人もいない。ガラスの箱の中では、名前というものはどのような響きを持っているのだろう、例えば〝一人一人の音楽会〟で演奏される楽器の音色に似ているのだろうか、とあれこれ想像を巡らせるだけで満足している。

私はカードを左の掌に載せ、鉛筆で下書きをしたあと、一番細い絵筆で色を塗ってゆく。使う色の数は少ないが、それでも指までが白や黒や水色に染まって華やかになる。かつて講堂で子どもの結婚式をした人々は全員、私の絵を褒めてくれた。ああ、何て幸せそうな二人なんだ、間違いなく愛し合っている者同士だというのがありありと伝わってくるようじゃないか、と言っていつまでもカードを握り締め、こちらが促すまでなかなかガラスの箱へ納めようとしないほどだった。

花嫁の隣にあの子を描く。無邪気で元気いっぱいで、野球の上手なあの子。算数のドリルをクラスで一番早く解けるあの子。誰にも見送られずに波の向こうまで泳いでいったあの子。誕生日のお祝いに、母親から本をプレゼントしてもらえるあの子……。描き終わるとカードは、元保健室の窓辺に立て掛け、本番まで乾燥させる。

何回経験しても、結婚式で振る舞う食事の用意は重労働だ。大勢が食べるものを作るのには慣れているから自分がやろう、と従姉は申し出たが、すぐさま私は却下した。

「新郎の母親はお洒落をして、にこにこ座っているものじゃない？」

そう説得すると、今度は、お洒落の仕方が分からない、と言って自信がなさそうな表情を浮かべた。私は自分が持っている二着の礼服（入園式と卒園式用に毎年交互に着ていたドレス）のうち、一着を貸してあげる約束をした。従姉が持っている数少ない洋服はどれも、楽器の捜索のため、膝のところが変色するか擦り切れるかしていた。

「髪のセットは元美容師さんに頼んであげるから、心配いらない」

「本当？」

「うん」

「できたら白髪染めも……」

「オッケイ」

ようやく従姉は安心した様子を見せた。

披露宴のメインディッシュはエビと子牛になった。デザートは昔から、元幼稚園名物カップケーキと決まっていた。掌に載る小ささながら、生クリームやアイシングシュガーやアラザンでデコレーションされ、てっぺんには爪楊枝と色紙で作った花婿と花嫁の人形が飾られている、特製のウエディングケーキだった。小さすぎると不服を言う人など一人もいなかった。皆、元幼稚園のカップケーキが大好きだった。

結婚式の時ほど元給食室が活躍する日は他になかった。このためにこそ元給食室はある、と言ってもいいほどだった。出席者が五十人になろうと六十人になろうと、恐れる必要などなかった。普段は私一人のために片隅が細々と機能しているにすぎないそこが、ブレーカーを上げ、ガスの元栓を開けた途端息を吹き返す様には、結婚式に相応しい興奮が感じられた。どこからともなく園児たちの歓声が聞こえてくるようだった。
オーブンは人数分のエビを一度に焼いてもむらにならないくらいの火力を保ち、調理台は子牛の塊肉を切り分けるのに十分な広さがあった。多少の埃を払えば、流しもガスレンジも清潔だった。スープを煮込む大鍋、ドレッシングを和える大型の泡だて器、プラスチック製の安物とは言え、引き出し一杯に詰まったナイフとフォークとスプーン。すべてが準備万端整っていた。棚の奥に積み重ねてあるカップケーキの型は、繰り返し使われてきた証拠に、染み込んだバターが琥珀色《こはくいろ》に変色し、顔を寄せるだけで美味しそうな甘い匂いがしていた。

当日の空は晴れ渡っていた。かつて結婚式の日に雨が降ったことは一度もなかった。遊具もひび割れたプールも渡り廊下も、園庭にある何もかもが等しく太陽に照らされていた。講堂はすべてのカーテンと窓と扉が開け放たれ、普段は暗がりに沈む棚の間の隅々にまで日差しが届いていた。蠟燭ではなく太陽の光を受けるガラスの箱たちは、そのきらめきで特別な日を祝福しているようだった。時折、風が吹き抜けていったが、ぼんやりしていると気づかないほどのそよ風で、棚のそこかしこに結びつけられた花束の花弁が、わずかに震えるだけだった。

あの子のガラスの箱は、朝一番に、バリトンさんの手によって棚から舞台へと移され、園長先生専用の式台に載せられていた。箱を見守るように、招待客用のテーブルが上手から下手まで一列に長々と連なっていた。クロスとナプキンは糊がきいてぱりっとし、園庭で摘んだ花々はまだ朝露で濡れていた。幕は邪魔にならないようぐるぐる巻きにされ、『おおきなかぶ』の背景画は舞台奥に下げられ、オルガンはいつでも演奏できるよう蓋が開いていた。

主役に相応しく、あの子のガラスの箱には金色のリボンが掛けられ、結び目の両端が左右対称に波打ちながら垂れ下がっていた。箱の中であの子が成長した証拠の品々を見守るように、中央奥に新郎新婦の絵が置かれていた。ガラスで弾ける日差しに二人の輪郭はにじみ、レースの模様は繊細さを増し、もうほとんど光のかたまりが二つ、寄り添っているようにしか見えなかった。

はじまりは、銀杏《いちょう》の枝を飛び交う小鳥たちが告げた。とても賢い彼らはその時がいつかちゃんと分かっている。窓に映る木漏れ日が揺れ、羽ばたきとさえずりが一緒になって聞こえてくるのを合図に、私はオルガンの鍵盤に指を載せる。

招待客は全員揃っている。バリトンさん、元美容師さん、クリーニング店の奥さん、虫歯屋さん、ガラスの箱の持ち主たち……。舞台は彼らで一杯になり、上手から眺めると下手の一番端の人はぼんやり霞んで見えるほどだ。

従姉は式台の真正面、箱と向き合う椅子に座っている。白髪を染め、パーマを当ててアップにまとめた髪がよく似合っている。ドレスは体に自然にフィットし、とても借り物とは思えない。テーブルクロスの下に隠れているが、とっておきのハイヒールは磨き上げられてつやつやしている。今日は自転車に乗ることも丘に登ることもなく、また地図の境界を巡回する必要もないのだから、どんなにお洒落な靴を履いていたって構わない。それでも何かの拍子に、どんなふうに振る舞えばいいのか分からなくなり、落ち着きをなくしかけた時は、ガラスの箱に目をやって気持を静めているのが、オルガンの前に座る私からも見て取れる。

料理は無事、テーブルを埋め尽くしていた。前日の朝からスタートした下ごしらえは順調に運び、当日、計画通りに完成した。エビは香ばしい匂いを漂わせ、子牛は艶やかなソースに包まれ、付け合わせの野菜がたっぷり盛られている。あらゆる種類の飲み物が、氷のボウルに横たわって出番を待っている。誰一人遠慮などする必要はなかった。

そしてウエディングケーキ。我ながらとても上手に焼けた。ガラスの箱にもちゃんと入れる慎ましさと、結婚式らしい華やかさを兼ね備え、皆から最も熱い視線を送られている。心持ちバターを溶かす温度を上げたおかげで生地がしっとりとし、爪楊枝の人形たちを挿してもひびが入っていない。飾りの人形たちはケーキのてっぺんで皆に見つめられ、はにかんでいた。

私はオルガンを弾く。お遊戯会で伴奏に使った曲、園児たちと合唱した歌、バリトンさんが聴かせてくれたメロディー、役場の時報。知っている曲を順々に、出席者たちのお喋りの邪魔にならないよう気をつけながら、途切れることなく弾き続ける。鍵盤に指を置いたまま、皆と話もし、シャンパンも飲む。お腹が空かないよう時々、バリトンさんがエビを一匹、口に入れてくれる。ところどころ、空気の漏れる音しかしない音符もあるが気にしない。欠けた鍵盤を持つこのオルガンほど、講堂に似合う音色を出せる楽器は他にない。

招待客たちのお喋りと食器の音は止むことがなく、席が離れていても身を乗り出して何かを語り、笑い、新しい料理を互いの皿によそい合う。グラスをガラスの箱に向けて、乾杯を繰り返す。お皿は次々空になってゆく。頃合いを見てバリトンさんがさり気なく、元給食室から新しい料理を運んでくる。

従姉に負けないくらい、他の人々もお洒落をしていた。クリーニング店の奥さんが洗濯をしてくれたおかげで、洋服はどれも新品に見えた。従姉だけでなく、髪の毛は全員、元美容師さんによってセットされていた。無数の髪型のバリエーションを持つ彼女にとって、招待客の一人一人を異なるスタイルにするのくらい、別に難しいことではない。生きた人の髪も、箱の人形の髪も、死んだ人の髪も、彼女の手には区別がない。

園庭はいよいよ光にあふれ、遊具の錆さえキラキラし、窓に映る銀杏の木漏れ日は少しずつ形を変えていた。講堂のにぎやかさとは正反対に、園庭は静けさに包まれていた。どんなに目を凝らしても、蔓の絡まる門を押し開き、茂みをかき分けてやって来る人の姿はなかった。ここへ来るべき人々はもう、全員が揃っていた。

舞台の上からは全部の箱が見渡せた。ずっと昔からあるの、つい最近やって来たの。ぎっしり中身が詰まっているの、ほとんど空っぽかと見間違えるの。天然記念物の剝製を展示していたの、地下の倉庫に打ち捨てられていたの……。私には全部見分けがついた。一つ一つ違っているが、すべてが、死んだ子どもが大きくなるための場所だった。

気づくと、知っている曲をすべて弾き終わってしまい、それでもまだ結婚式はお開きになる様子もなく、私はまた最初の曲に戻った。誰が言い出すというわけでもないが、ごく自然な流れの中、一人ずつ自分なりのやり方でお祝いの気持を表すことになる。ある人は造花をカナリアに変える手品を見せ、ある人はタップダンスを披露する。町の皆が愛読する箱の美術家の伝記から、乳母車に乗った赤ん坊を賛美する一節を朗読する人もいれば、また別の誰かは恥ずかしそうに、しかし実に心のこもった短いスピーチをする。

虫歯屋さんはわざわざアトリエから持ってきたドリルを使い、河原の木片を即興で削ってみせた。

「さあ、ご自由にリクエストをして下さい」

虫歯屋さんはいつもの白衣を羽織った。木片はどれも竪琴を作るのと同じくらいの大きさをしていた。

「人魚」

「機関車」

「お城」

リクエストの声が上がるやいなや虫歯屋さんは、足踏みスイッチを押し、下書きもなく木片を削りはじめた。ドリルの先から舞い上がる木屑が、ゆっくりと揺らめきながら舞台に落ちてゆく。見惚《みと》れているうち、いつの間にか木片が望みの形に生まれ変わっているのに気づく。人魚のうろこから車輪の溝、塔の窓までが再現されている。

「地図」

下手のずっと向こうに座って、顔さえぼんやりしか分からない誰かが、最後のリクエストをした。人魚や機関車やお城よりは多少時間がかかるが、もたもたしているわけではなく、指先はいっそう巧みな動きを見せ、足踏みスイッチのステップも複雑になっていた。モーター音とオルガンの音が図らずも和音を奏でた。手品を披露した人の椅子の背に大人しくとまっているカナリアが、一声二声、その和音にさえずりを重ねた。皆、飲み食いする手を止めてドリルの先を見つめていた。

「さあ」

虫歯屋さんはスイッチから足を離し、ドリルを置いて完成品を掲げた。川が流れ、丘が広がり、鉄道の終着点に元産院の瓦礫が積み重なっている。中央公園があり、元郷土史資料館があり、元幼稚園がある。園庭の片隅に講堂が建っている。町全体が虫歯屋さんの手の中にある。ところどころに残る木屑を、虫歯屋さんが吹き飛ばす。町の創造主に相応しい威厳ある態度に、どよめきが起こる。

次にクリーニング店の奥さんが、鉄棒の大車輪を披露した。

「正面扉の向こうをご覧下さい」

あらかじめバリトンさんが邪魔になる茂みを切っておいてくれたので、ちょうど舞台から鉄棒が見通せるようになっていた。

奥さんは鉄棒専用のスタイル、真っ白いシャツと紺色のスラックスに着替え、おしゃぶりのペンダントをぶら下げていた。普段、職員室から眺めるのとは違い、奥さんも鉄棒もうんと遠くにポツンと取り残されて見えるが、一旦大車輪がスタートすれば、距離など問題ではなくなった。鉄棒がしなる音まで聞こえてきそうだった。

相変わらず、奥さんの身長と鉄棒の高さの問題は解決しないまま、脚も腕もピンとのび、爪先とおしゃぶりが同心の円を描いている。遠ざかった分だけ、円の密度が濃くなって、より軌跡が明確に刻まれてゆく気がする。回転のリズムに合わせるように、思わず深呼吸をしたくなるようなさわやかな風が吹き抜けてくる。奥さんの爪先を目でなぞりながら、宙に浮かぶ短い横線と、永遠を連想させる二重の円の組み合わせに、皆が不思議な幸福を感じる。いかにも結婚式に相応しい気持に浸る。奥さんの耳には届かないと分かっていながら、精一杯の拍手が送られる。

最後、バリトンさんの順番が来た。言うまでもなく、バリトンさんは歌をうたう。皆とても楽しみにしている。話すためではなく、歌うためだけに彼が歌うのを聴くのは初めてだ、と思うだけで私は緊張する。そのうえ伴奏の責任が重くのしかかり、指が震えてしまう。

自分の歌を恥ずかしがる普段の彼とは違い、バリトンさんは少しも気後れしていなかった。ゆったりと立ち上がり、テーブルを見回し、ガラスの箱に向かって、お二人の門出をお祝いできて光栄です、という表情を見せた。そして打ち合わせ通り、目配せで私にスタートの合図を送った。

選ばれたのは古い歌曲だった。それは私たちの知らない言葉で歌われたが、最初の一音が発せられた瞬間、誰もが意味のことなど忘れ、ただその声だけに引き寄せられていった。耳を澄ませてさえいれば、はるか遠くにいるか弱いものの幸運を願う歌なのだと分かった。楽譜など見なくても、自然に指が鍵盤の上を滑っていった。

バリトンさんは舞台を踏み締め、胸を張り、斜め前方の宙に視線をやっている。もはや視界には、主役の二人以外、誰も映っていない。天から華々しく降り注ぐというのでもなく、地を揺るがすように圧倒的にというのでもなく、もっと一途にひたひたと歌声は染み込んでくる。バリトンさんの唇から届いてくるのは間違いないのに、私たち自身の中にある、静寂の塊の奥から、泉のように湧き出してくる錯覚に、誰もが陥っている。その響きを一音でも逃したくなくて、皆フォークもグラスもテーブルの上に置いたまま、じっと動かずにいる。カナリアさえ、さえずるのを忘れている。

ああ、これこそ私がいつも聴きたいと求めているバリトンさんの声だ、と思う。乳母車を押してガラスの箱を運ぶ時、楽器を探す従姉を一緒に見守る時、園庭で手紙を朗読する時、体のある位置よりもっと近しい場所に二人が立っていることを示すための声だ、と。

講堂中が歌声で満たされている。体にはどこにも無理がなく、あくまでも平然としているのに、声は次々と湧き上がってくる。曲が高まってゆくにつれ、皆の胸は一杯になってくる。声の中にバリトンさんのすべてが含まれている。余分なものがそぎ落とされ、一番大切な声だけが新郎新婦に捧げられている。バリトンさんの声に乗って、自分たちの願いもまたガラスの箱に届いているのを感じ取る。

朝、結婚式のはじまりを告げてくれた小鳥たちはどこへ飛び去って行ったのだろう。銀杏の枝、出番を終えた鉄棒、傾いたブランコ。園庭にあるものもすべてが静まっている。空は高く、太陽は明るさを増している。

私はペダルを深く押し込み、最後の和音を弾く。それが消え入りそうになってもなお、余韻を惜しむようにバリトンさんの最後の一音は鳴り響き、やがて空気を震わせながらどこへともなく遠ざかってゆく。バリトンさんの足元で微かに木屑が舞う。それが終わりの合図となる。皆、拍手を忘れ、静けさの中に残る歌声を探すように息を潜めている。自分が無音の中にいるのか、歌声に包まれているのか分からなくなり、どちらでも大して違いはないと気づく。バリトンさんがお辞儀をする。それでもなお人々は、余韻を汚したくない思いにとらわれ、いつまでもじっとしている。カップケーキのてっぺんで、爪楊枝の人形たちも耳を澄ましている。従姉は目を閉じる。白くすべすべとした耳たぶが見える。閉じたまぶたの裏にあの子が映っているのだと分かる。拍手が沸き起こるまでの間、ガラスの箱を満たすのと同じ無音が講堂を包む。

結婚式の翌日、初めての人が講堂にやって来た。物腰のゆったりとした、中年の夫婦だった。夫は黒いスーツに黒いネクタイを締め、妻は黒いワンピースを着ていた。

講堂はすっかり元の姿に戻っていた。萎れた花々は片付けられ、舞台には『おおきなかぶ』の背景だけが残り、オルガンの蓋は閉じられていた。料理の匂いも消えていたが、せめてもと思い、蠟燭だけはカップケーキの香りを選んであった。

あらかじめ私が倉庫から運び出し、空いた棚に設置しておいたガラスの箱の前で、夫婦は腰をかがめ、肩を寄せ合い、長い時間それを見つめていた。目測で容量を確かめるでもなく、何を納めるべきか考えを巡らせるでもなく、ただひたすら目の前のものに視線を注ぎ続けていた。二人の瞳はガラスの箱と同じように、純粋な空白だった。

「ああ……」

「これが……」

「そうか……」

「ええ……」

ようやく二人は交互に声を漏らしたが、どれも言葉にならないうちに、沈黙の中へ沈んでいった。

「古墳時代のコーナーに設置されていたケースです」

いつまでも黙っているうち、何か説明する責任があるような気持になり、私は口を開いた。

「マンモスの後ろ側に入口のある、第一展示室です」

講堂を訪れる人の多くは、自分たちの箱がかつて郷土史資料館で何を展示していたか知りたがり、それが何であっても慰めを得るものだと、私は理解していた。

「古墳の出土品が展示されていました。六世紀後半、河川の下流を治めていた一族の円墳です」

小さなうなずきも質問も返ってこなかった。夫婦はいっそう互いの身を密着させていた。もはや境界はなく、ネクタイの黒とワンピースの黒は一つに溶け合い、二人分の視線がガラスの上で一つの焦点を結んでいた。

「鏡、馬具の鎖、銀の鈴、耳飾り……。美しいものばかりです。もう決して会えない遠い昔に死んだ人のための品だとは、とても信じられないくらいです」

少しずつ二人の顔は箱に近づき、吐く息がガラスに曇りの輪を作るようになっていた。どちらが夫で、どちらが妻か、区別するのが難しいほどに横顔がぴったりと重なり合っていた。二人で一人分の体と影、と言っても構わなかった。蠟燭の炎の揺らめきに合わせ、ある瞬間には夫が体で妻が影になり、また別の瞬間には妻が体で夫が影になった。

「棺の代わりを果たした資料館のケースが、死んだ子どもが成長するための箱になるわけです」

私の声はただ、ガラスの箱をすり抜けてゆくばかりだった。

カーテンの隙間から漏れる光は明るさを失い、舞台の奥から広がりつつある闇は、すぐ隣の列の棚まで迫ろうとしていた。あの子の箱も他の箱たちも、与えられた場所で、邪魔にならないよう気配を消していた。いまだ夫婦の視線は箱の空洞に留まっていた。まるでこんなふうに見つめ続けていれば、いつかそこに自分たちの子どもが浮かび上がってくると信じているかのようだった。

彼らの間だけにあらかじめ定められたタイミングがあったのだろうか。気づくと二人は同時に腕をのばし、箱の表面に人差し指を這わせていた。最初のうち、慎重になるあまり震えていた指先は、少しずつガラスの冷たさに馴染んでくるにつれ、親密さを増し、のびやかになっていった。しかし決して図々しい振る舞いを見せるわけではなかった。これを本当に自分たちの子どもの箱にしても構わないのでしょうかと、何ものかに問うような慎み深さがあった。

二人の指は交差し、触れ合いながら、箱の正面左下、ちょうど蠟燭の明かりが最もよく映えるあたりを、不規則に、ゆっくりと動いていた。二本の人差し指で一続きの動きを分け合っていた。撫でるような曲線が波になり、円を結び、解けて直線となり、さまざまな角度を生み出して再び曲線に戻っていった。

もはや私は何を喋る必要もなかった。言葉など一つも求められていなかった。ただ蠟燭の炎が無駄に揺れ動いて彼らの視界を邪魔しないよう、黙って指先を見守るだけでよかった。

乾いた指先はガラスに指紋一つ残さなかったが、炎がガラスを染めてくれるおかげで、軌跡が見えてくる気がした。はじめのうち、子どもの名前だろうかと思った。箱に描くのに、それ以外の何かは思い浮かばなかった。しかしすぐに文字ではないと分かった。誰にも解けない数式、規則正しい紋様、あるいは、無邪気ないたずら書き……。どれも当てはまらなかった。文字よりもずっと思慮深いために意味をなくした、死者と交信するために許された唯一の、名付けることのできない形、であった。それを夫婦はガラスの箱に描き続けた。

参考文献

『ローベルト・ヴァルザー作品集1〜5』（新本史斉／F・ヒンターエーダー＝エムデ／若林恵訳）鳥影社
『ジョゼフ・コーネル　箱の中のユートピア』（デボラ・ソロモン／林寿美、太田泰人、近藤学訳）白水社
『若き日の哀しみ』（ダニロ・キシュ／山崎佳代子訳）創元ライブラリ
『おおきなかぶ』（A・トルストイ再話／内田莉莎子訳）福音館書店

謝辞

本書執筆に際し、取材旅行に同行して貴重なアドバイスをして下さった、東北大学宗教学研究室に在籍されていた鳥居建己先生、そしてインスピレーションの源泉となって下さった今福龍太さんに、心からの感謝を捧げます。

小川洋子

カバー　グランヴィル「彗星の大旅行」
扉　グランヴィル「天空の逍遥」
ともに ©Nao KASHIMA（NOEMA Inc.JAPAN）
装幀　大島依提亜

本書は書下ろしです。

小川洋子（おがわようこ）

一九六二年、岡山県生まれ。早稲田大学文学部卒業。八八年「揚羽蝶が壊れる時」で海燕新人文学賞、九一年「妊娠カレンダー」で芥川賞、二〇〇四年『博士の愛した数式』で読売文学賞、本屋大賞、『ブラフマンの埋葬』で泉鏡花文学賞、〇六年『ミーナの行進』で谷崎潤一郎賞、一二年『ことり』で芸術選奨文部科学大臣賞を受賞。近著に『琥珀のまたたき』（講談社）、『不時着する流星たち』（角川書店）、『口笛の上手な白雪姫』（幻冬舎）など。共著に『ゴリラの森、言葉の海』（山極寿一と共著、新潮社）、『あとは切手を、一枚貼るだけ』（堀江敏幸と共著、中央公論新社）ほか。

小　箱

二〇一九年一〇月三〇日　第一刷発行

著　者　小《お》川《がわ》洋《よう》子《こ》

発行者　三宮博信

発行所　朝日新聞出版

〒一〇四-八〇一一　東京都中央区築地五-三-二

電話　〇三-五五四一-八八三二（編集）

〇三-五五四〇-七七九三（販売）

印刷製本　図書印刷株式会社

Published in Japan by Asahi Shimbun Publications Inc.

ISBN978-4-02-251642-8

定価はカバーに表示してあります

落丁・乱丁の場合は弊社業務部（電話〇三-五五四〇-七八〇〇）へご連絡ください。

送料弊社負担にてお取り替えいたします。

小川洋子の本

《芸術選奨文部科学大臣賞受賞作》

人間の言葉は話せないが小鳥のさえずりを理解する兄と、兄の言葉を唯一わかる弟。慎み深い兄弟の一生を描く、著者の会心作。《解説・小野正嗣》

朝日文庫